KB061179

몬스터

한밤의 목소리

김동식

손아람

이혁진

듀나

곽재식

한겨레출판

마주치면 안 되는 아이돌

김동식

김동식

마주치면 안 되는 아이돌

성공한 아이돌의 태업은 용서받을 수 없다. 그 무대 하나가 간절했던 수십만 연습생을 생각하면 말이다.

그런 의미에서 홍혜화의 오늘 무대는 이해할 수 없었다. 혜화는 절대 태업을 할 만한 아이가 아닌데, 오늘은 왜 그랬을까? 만약 컨디션의 문제라면 알아차리지 못한 내 잘못이겠지만, 무대를 소화하지 못할 정도의 일은 내 기억에 없다. 난 사무실 내 방으로 혜화를 불러 질책했다.

"혜화 너 오늘 무대가 그게 뭐야? 인기 좀 있으니까 이제 무대가 쉬워 보여? 너 하나 태업하면 '체리스트' 다른 멤버들 모두에게 피해 가는 거 몰라?"

"죄송해요, 팀장님. 그런 게 아니라요……."

"그런 게 아니면?"

혜화는 창백한 안색으로 변명했다.

"어제 꾼 꿈이 너무 생생해서, 지금도 머릿속에 선명하거든요. 머리에서 그 장면이 떠나질 않아요."

"꿈? 무슨 꿈인데?"

녀석은 몸을 부르르 떨며 말했다.

"사람이 죽는 꿈이요. 무대 천장에 매달린 큰 조명이 떨어져서 사람을 덮쳤는데, 머리가 완전히 으깨져서……."

"으음. 악몽이구나."

"네. 근데 그 죽은 사람이 저도 아는 사람이었어요. 걸그룹 임여우……."

"임여우? 걸그룹 보그나르의 그 임여우?"

"네. 그 꿈이 진짜 종일 머릿속에 맴도는 바람에 집중을 못 했어요. 죄송해요. 근데 꿈이 너무 무섭고 생생해서…… 진짜 지금도 그게 사실만 같아요. 왜 이런 꿈을 꾸게 된 걸까요?"

겁에 질린 혜화의 표정은 진심으로 보였다. 도대체 어느 정도로 실감 나는 꿈이었길래? 난 녀석을 달래주었다.

"너무 걱정하지 마. 아무래도 얼마 전에 조명 추락 사고로 죽은 걸그룹 멤버가 있었으니까 그런 악몽을 꾼 거겠지. 그냥 네가 요즘 좀 피곤했나 보다."

"그럴까요? 얼마 전 그 사건 때문에 제가 그런 꿈을 꾼 걸까요?"

"그래. 너무 신경 쓰지 말고 오늘은 가서 푹 쉬어. 그리고 오늘은 이해하고 넘어가겠지만, 내일도 그러면 안 된다. 프로답게 무대는 제대로 소화해야 해. 알겠지?"

"네, 죄송합니다."

혜화를 보낸 뒤, 난 찜찜했다. 임여우가 죽는 꿈이라? 다른 기획사이긴 하지만 나도 영 인연이 없지 않다. 그 기획사 대표인 최무정 사장은 예전에 내 직속 선배였다. 독립하겠답시고 나가서 계속 빌빌대다가 최근 역주행으로 겨우 잘되는 걸 보고 안심했었는데…… 그런 꿈이라니……. 왠지 불길하다. 그저 개꿈이라기엔 혜화의 표정이 신경 쓰인다. 한번 가서 볼까?

마침 보그나르가 녹화하고 있다는 스튜디오 근처에 볼일이 있어, 한번 찾아가보기로 했다.

"어? 선배님 안녕하십니까."

"어~ 그래. 요즘 바쁘지? 보그나르 잘나가잖아."

"아유 잘나가긴요~ 이제 겨우 이름 알린 정도죠."

녹화가 진행 중인 스튜디오를 방문한 나는 보그나르의 매니저와 가볍게 인사하고 임여우를 찾았다. 한데, 무대 위에서 나와 눈이 마주친 임여우의 안색이 새하얗게 질리는 게 아닌가?

내 옆에 있던 매니저 친구도 임여우의 표정을 보고 혼자 중얼거렸다.

"쟤가 오늘 좀 이상하게 얼굴이 안 좋네요. 화장이 안 받나?"

"그러게, 오늘 좀 이상하네……."

묘한 불안감이 들 때, 녹화를 끝낸 임여우가 쭈뼛쭈뼛 다가와서 내게 말을 걸었다.

"저어, 안녕하세요."

"어어 그래. 오랜만이다. 요즘 잘돼서 다행이네."

"네 감사합니다. 근데 저기, 제가 드릴 말씀이 있는데요……."

"그래?"

임여우와 난 둘이 얘기할 만한 곳으로 잠깐 자리를 옮겼다. 너

마주치면 안 되는 아이돌

석의 말은 충격적이었다.

"저기, 체리스트에 홍혜화 있잖아요. 제가 사실 오늘 꿈을 꿨는데, 홍혜화가 죽는 꿈을……."

"뭐라고?"

"무대에서 큰 조명이 추락했는데 그게 홍혜화의 머리에…… 죄송해요. 진짜 꿈이 너무 생생해서 꼭 말씀드려야 할 것 같아서요. 지금도 솔직히 머릿속에 그 장면이 잊히질 않거든요."

"으음……."

이게 도대체 무슨 조화일까? 이런 우연이 있을 수 있나? 혹시 둘이서 짜고 날 놀리는 건가? 한데 그러기엔, 임여우의 불안한 안색이 너무 사실적이다.

"진짜 우리 혜화가 죽는 꿈을 꿨다고?"

"네. 솔직히 말씀드리면, 제가 어렸을 때부터 이상한 촉이 있단 말을 많이 들었거든요? 그래서 괜히 더 불안해져서……."

내 심정도 마찬가지다. 같은 날에 혜화는 임여우가 죽는 꿈을 꾸고, 임여우는 혜화가 죽는 꿈을 꿨다?

머리가 혼란스러웠지만, 한참 중요한 시기인 여우의 컨디션에 영향을 줄 순 없다. 혜화의 이야기는 비밀로 하자.

"으음. 그냥 잊어버려라. 얼마 전에 조명 추락 사고로 죽은 아이가 있잖냐. 그 사건 때문에 그런 꿈을 꿨겠지. 괜히 의미 부여할 필요는 없다고 본다.”

“아, 그 사건…… 그럴까요?”

“그래. 보그나르는 지금이 중요한 시기인데, 리더인 네가 정신 바짝 차리고 해야지. 빨리 잊어버려.”

“네, 감사합니다.”

임여우를 보내고, 나는 최 선배에게 전화를 걸었다. 우리 회사의 혜화가 꾼 꿈 이야기와 임여우가 꾼 꿈 이야기를 모두 전달했다. 이야기를 들은 선배는 신기해했지만, 우연으로 받아넘기는 듯했다.

“멘탈이 약한 아이들이 그런 꿈을 꿨나 보다. 같이 무대에 섰던 걸그룹 아이가 얼마 전에 무대 사고로 죽었으니 그럴 만도 하지 않겠냐.”

“음. 그럴 수도 있겠네. 혜화가 겉보기보단 멘탈이 약했나? 근데 임여우는 안 그래 보이더니.”

“겉으론 모르지 뭐. 아무튼, 괜히 꿈 얘기 말하고 다녀 봐야 좋을 건 없을 것 같다. 뭐 좋은 일도 아니고. 여우는 내가 단속할 테니 혜화는 네가 그래라.”

“알았어, 선배.”

마주치면 안 되는 아이돌

듣고 보니 선배의 말이 맞을지도 모른다. 같은 업종 종사자의 죽음을 보고 비슷한 악몽을 꿀 수도 있겠지. 다만 신경 쓰이는 건 도대체 왜 서로의 죽음을 꾸었느냐 하는 건데…… 알 수 없다. 내가 알기로 둘은 일면식도 없는 사이인데 말이다.

‡

하루가 지나자 다행히 혜화의 컨디션은 정상으로 돌아온 듯했다. 매일 같은 꿈을 꾸는 건 아닌 모양이다. 역시 단순한 개꿈이었나?
점심시간에 혜화를 살펴보러 나왔던 나는 다시 사무실로 돌아갔다. 직원들이 바쁘게 움직이는 모습이 보였다. 나는 지나가며 당부했다.
"인터넷에 홍혜화 태업으로 뭐 뜨나 잘 봐라. 논란 기사 같은 거 안 나게 잘 관리하고."
"넵."
말이 나온 김에, 나는 김 기자에게 전화를 걸었다.
"아~ 기자님! 어제 기사 감사했습니다. …… 네네, 혜화 그 녀석이 하필 어제 빈혈이 너무 심하게 오는 바람에~ 어휴! …… 네네, 후속도 좀 부탁드립니다. 예~ 예, 감사합니다. 언제 제가 저녁 한번 거하게 대접하겠습니다."

전화를 끊고 인터넷에 홍혜화 이름을 검색했다. 다행히 홍혜화가 빈혈로 쓰러졌다는 기사가 전부였다. 녀석처럼 비주얼로 승부하는 아이돌은 흠 잡힐 거리를 정말 조심해야 한다. 난 SNS 관리 직원에게 톡을 보냈다.

[혜화 링거 맞는 사진 SNS에 업로드하고. 혜화한테 연락해서 셀카 몇 장도 받아놔.]

[네 알겠습니다.]

대충 혜화 일을 정리하고 나니, 문득 임여우가 떠올랐다. 그러고 보면 녀석도 혜화랑 같은 꿈을 꾸었는데, 아무렇지 않게 무대에 올랐구나. 정신력의 차이일까. 아니면 역시 간절함에 차이가 있는 걸까? 데뷔 후 조명 한 번 못 받다가 겨우 찾아온 이 기회를 놓칠 수 없었겠지. 살아남기 힘든 걸그룹 생태계에서 얼마나 갈 수 있을지 몰라도, 잘됐으면 좋겠다.

‡

점심이 끝난 시간에 홍혜화가 사무실로 찾아왔다. 긴장한 녀석

마주치면 안 되는 아이돌

의 표정이 심상치 않다.

"그래, 무슨 일이야?"

녀석은 우물쭈물 망설이다가 말했다.

"저기 팀장님, 저 다음 주 스케줄 말인데요. 그거 좀……."

"그거 좀 뭐? 무슨 스케줄인데?"

"예능이요. KBS <해피스타>인데……."

"어 그래. 그 스케줄이 왜?"

"저, 그거 빠지면 안 될까요?"

"뭐?"

난 인상을 찌푸렸다. 하나라도 더 나가서 얼굴을 비춰도 모자랄 판에, 주말 예능을 빠지겠다고?

녀석은 불편한 기색이 노골적으로 드러난 내 표정에 두려워하면서도 끝까지 말을 이었다.

"거기에 임여우가 같이 출연하거든요. 근데, 도저히 임여우 얼굴을 못 보겠어요."

"으음…… 그 꿈 때문이야?"

"네. 임여우랑 마주친다는 생각만 해도 가슴이 벌렁거리고 숨이 차오르고, 심장이 터질 것처럼 두근거리고요, 막……
막……."

말하는 그대로 녀석의 얼굴은 점점 빨개졌다. 한데 그 순간, 난 경악했다.

"아!!"

난 믿을 수 없어 내 두 눈을 비볐다. 뭐지? 무슨 일이 일어난 거지? 방금 일순간, 홍혜화의 존재감이 옅어졌다. 잠깐이지만, 혜화가 유령처럼 반투명한 형체가 되었고 그녀의 뒤에 있던 물건들이 혜화의 몸을 투과해 보이기 시작했다.

"왜 그러세요, 팀장님……?"

"으음…… 아니다."

잘못 봤나? 내가 잘못 봤나? 잘못 봤겠지?

"임여우를…… 그래, 꿈이 생각나서 임여우가 신경 쓰인다 이거지?"

"네, 팀장님……. 그런 것 같아요. 임여우 얼굴을 보는 상상만 해도 심장이 막……."

"그래 알았다. 말해놓을 테니까 그날 넌 빠져라."

"저, 정말이요?"

녀석은 기대하지 않았던 것처럼 눈이 커졌다. 솔직히 평소라면 절대 허락할 리 없지만, 아무래도 조금 전 모습이 신경 쓰인다. 둘을 만나게 하면 무슨 일이 벌어질 것만 같은 불길한 예감이

마주치면 안 되는 아이돌

든다.

"그래. 말해두마. 좀 쉬고, 너무 그 생각만 하진 말고. 하면 할수록 더 못 빠져나오는 거야."

"네. 감사합니다. 팀장님."

혜화를 보낸 뒤, 난 체리스트 담당 직원에게 연락했다.

"체리스트 스케줄 중에 보그나르랑 마주치는 스케줄 있니? 임여우 말이야."

"보그나르의 임여우요?"

"그래. 웬만하면 겹치지 말고, 만약 마주치는 일정 있으면 무조건 나한테 미리 연락해. 홍혜화가 이상한 요구를 하더라도 융통성 있게 들어주고."

"아, 네. 알겠습니다."

전화를 끊은 뒤, 난 아까 전 혜화의 모습을 생각했다. 그건 뭐였을까? 단순히 내 착각이었을까? 인간의 형체가 눈앞에서 사라지는 느낌은 살면서 처음이었다. 혹시 무언가 있다면 아무래도 임여우다. 그녀를 보는 상상만으로도 심장이 터질 것 같다고?

그 꿈이다. 단순히 무시할 게 아닌 것 같다. 같은 날 서로 그런 꿈을 꾼 건 분명 무언가 있다. 조명 추락 사고로 죽는 꿈이라…… 아무래도 얼마 전에 일어난 그 사건 때문이겠지? 얼마 전에 죽은 그 걸그룹 멤버 그…… 그…… 음? 누구지? 누구였더라? 무대 조명이 추락해서 머리가 깔려 죽었던 그 녀석 이름이 뭐였지? 그러니까 분명…….

"창원아! 들어와봐!"

난 직원 창원을 내 방으로 불러 물었다.

"얼마 전에 무대 위에서 조명 추락 사고로 죽은 아이돌 있잖아. 걔 누구였지?"

"아~ 걔요? 그, 왜 있잖아요. 그 걸그룹의 걔. 걔가 이름이 그러니까……."

난 창원의 대답을 기다렸다. 한데, 녀석은 갑자기 고개를 갸웃했다.

"그, 어, 누구더라? 그, 있는데 그, 어라? 잠시만요. 검색 좀 해 볼게요."

창원은 스마트폰을 꺼내 검색을 시작했다.

"어? 기사가 안 나오네…… 어? 어, 음. 어~"

미간을 찌푸리던 창원은 나를 보며 되물었다.

"얼마 전에 그런 일이 있었던가요?"

"뭐?"

22

김동식

마주치면 안 되는 아이돌

"전에 대표님이랑 저랑 같이 영화를 봤었나? 무대에서 누가 그렇게 죽었던 걸 어디서 본 것 같은 느낌인데…… 아니네요. 기사도 없고."

난 혼란스러웠다. 그런 일이 없었다고? 그랬나? 얼마 전에 조명 추락 사고로 분명 걸그룹 누가 죽지 않았나?

"으음."

난 자리에서 일어나 방을 나섰다. 밖에 있는 직원 하나를 붙잡고 물었다.

"지수야. 얼마 전에 무대에서 조명 추락 사고로 죽은 아이돌 알지?"

"아~ 알죠. 너무 불쌍하잖아요."

"걔 이름이 뭐였지?"

"걔요? 걔 그러니까~ 그 어디 그룹이더라 그…… 어~ 음. 응? 어라? 누구였죠? 걔가 어디 누구였더라 그러니까……."

직원의 입에서도 속 시원한 대답이 나오질 않았다. 이상하다. 난 사무실 밖으로 나왔다. 마침 지나가던 청소부 아주머니를 붙잡고 물었다.

"저기, 아주머니."

"네?"

"얼마 전에 무대에서 조명 추락 사고로 죽은 연예인 아시죠?"

"그럼요, 알죠~ 난리였잖아요. 아이고 불쌍해라."

"그 연예인 이름 아세요?"

"걔요? 글쎄요. 걔~ 뭐 걸그룹인데. 걔가 그러니까~ 보자……."

아주머니는 잠깐 심각하게 고민하다 고개를 저었다.

"아이, 제가 젊은 애들 이름을 잘 몰라서요, 모르겠네요."

"으음……."

이상하다. 명백하게 이상하다. 모두가 아는데 모두가 모른다. 이게 뭐지? 얼마 전에 죽었던 그 아이는 누구지? 아니었나? 그런 일 없었나? 그러고 보니 그런 일이 있었나? 아니 그렇다 쳐도, 그런 일이 없었는데 왜 다들 그런 일을 기억하는 듯할까? 난 갑자기 몸이 떨려왔다. 스스로도 말이 안 되는 생각이 머리를 스쳤다. 아까 존재감이 옅어지던 혜화의 모습. 서로가 죽는 꿈을 꿨다던 두 사람. 얼마 전에 죽은 것 같은데 기억이 나지 않는 존재. 설마…… 설마…….

혜화와 임여우가 얼마 전에 죽은 그 아이돌일까? 둘 중 하나는 이미 죽은 걸까? 죽었는데 계속 살아가고 있는 걸까?

마주치면 안 되는 아이돌

소름이 돋았다. 말도 안 된다는 건 알지만, 불안하다. 난 최 선배에게 전화를 걸었다.

"선배. 내가 이상한 소리 하는 건지 모르겠는데, 우리 혜화랑 임여우랑 서로 마주치면 안 될 것 같아. 스케줄이든 뭐든, 서로 보면 안 될 것 같아."

"어~ 어! 마침 나도 연락하려고 했다. 우리 여우가 그런 애가 아닌데, 스케줄을 바꿔달라고 하는 거 아니냐!"

"뭐라고?"

목덜미가 서늘하다. 내 불안감이 점점 선명해졌다.

"글쎄 홍혜화랑 마주치는 생각만으로도 심장이 터질 것 같다나? 아무튼, 네 생각이 그렇다면 가능하도록 그렇게 하자. 근데 너도 알다시피 우리 애들 스케줄 바꿀 수가 없어. 이제 겨우 이름 알리기 시작했는데…… 알지? 좀, 부탁하자. 스케줄 겹칠 때 홍혜화 걔만 어떻게 좀 네가 빼줘라. 응?"

"으음…… 알았어. 해보긴 하겠는데, 서로 신경은 써야 할 것 같아."

"그래그래 고맙다."

"아참, 근데 선배. 얼마 전에 무대에서 조명 사고로 죽은 아이 있잖아. 걔 이름이 뭐였지?"

"아~ 걔? 불쌍하지. 그 왜 있잖냐~ 그 아이돌 그룹의 멤버 그 왜? 그…… 그 누구더라? 아~ 있는데 그 왜 걔……."

통화를 끝내고 난 결심했다. 둘을 만나게 해선 안 된다. 뭔지는 모른다. 뭔지는 모르지만, 무슨 일이 벌어진다. 혜화와 임여우가 만나면 분명, 무언가 일어난다.

╪

혜화의 스케줄 소화 패턴이 바뀌었다. 방송국 어딜 가든 대기실 밖으로 나오질 않았고, 단독 대기실이 아니면 아예 밴 밖으로 나오질 않았다. 그로 인해 몇 가지 말이 나오고 있는 것 같았지만, 어쩔 수 없다. 녀석 스스로가 임여우와의 만남을 극도로 두려워했기 때문이다.

임여우와 겹치는 스케줄에서 빠지라고 할 때 혜화가 안심하는 표정을 보고 있으면, 마치 내가 녀석의 목숨이라도 구해준 듯했다. 하지만 언제까지 이럴 수 있을지 모른다.

"팀장님. 혜화가 이틀 전 스케줄에 몸살이라고 빠졌는데, 어제 딴 데 멀쩡히 출연하고, 다시 오늘 몸살이라고 빠지는 건 좀 너무…… 그렇지 않겠습니까? 그리고 혜화 때문에 다른 애들 사

26

기도 같이 떨어지는 느낌인데, 언제까지 혜화를 특별대우 해 줘야 하는 겁니까?"

직원의 의견은 합당했지만, 나는 혜화를 쉬게 두라고밖에 말할 수 없었다. 그러나 시간이 지날수록 상황은 점점 심각해졌다.

"박 피디가 홍혜화 몸이 안 좋으면 다음 기회에 하잡니다. 알아보니까, 우리가 하기로 한 거리 인터뷰를 보그나르로 대체했다고 하네요. 그거 때문에 멤버들이 혜화랑 다툼이 좀……."

"보그나르 피하면서 스케줄 짜기가 너무 힘듭니다. 지금 보그나르가 얼마나 잘나가는 줄 아십니까? 안 겹치기가 힘듭니다."

"인터넷에 홍혜화 태도 논란 글 올라왔어요, 팀장님. 익명의 방송국 작가라는데, 틀린 말이 없어요. 코빼기도 안 비추고, 녹화 직전에 와서 끝나자마자 도망가고, 누가 대기실만 들어오려고 해도 과민반응 일으킨다고요. 어쩌죠? 이거 악플 먼저 신고로 대응할까요?"

매일 밀려드는 복잡한 문제의 해결 방법은 간단하다. 그냥 임여우를 신경 쓰지 말고 활동하면 된다. 차마 그것을 못 한 난 결국, 대표님의 부름을 받고 말았다.

"김 팀장. 이번 체리스트 앨범에 홍혜화가 메인이라고 하지 않았나? 왜 이렇게 안 나와? 이상한 소문이 돌고 있다던데, 지금."
"죄송합니다 대표님. 요즘 혜화가 컨디션이 좀 안 좋아서……."
"그런 걸 관리하는 게 김 팀장의 일이 아닌가? 김 팀장 경력도 많이 쌓이고 해서 믿고 맡겼는데, 실망이 커."
"죄송합니다……."

대표님께 한 소리 듣고 나서야 나는 정신이 번쩍했다. 이번 앨범의 반응이 별로 좋지 못한 게 마치 내 탓처럼 되어버렸다. 단순히 화풀이라면 다행이지만, 무능한 이미지가 찍혀버린 거라면……. 이 일이 어쩌면 내 인생이 걸린 위기일지도 모른다. 나는 대표실을 나서자마자 최 선배에게 연락했다.
"선배. 요즘 보그나르 잘돼서 기분이 좋지?"
"야~ 잘되기는, 이제 진짜 시작이지."
"그래 축하해 선배. 근데 선배, 우리 혜화랑 거기 임여우랑 마주치는 문제 말이야. 이제 선배가 좀 양보해줘야 할 것 같은데."
"뭐? 무슨 말이냐?"

28

김동식

마주치면 안 되는 아이돌

"둘이 스케줄 겹치면 앞으로는 임여우가 좀 빠져줘. 매번 우리 혜화만 양보할 수 없잖아?"

"야이, 뭘 빼! 여우가 지금 보그나르 리더고 메인인데 어떻게 빼냐? 피디들도 섭외할 때 보그나르 말고 임여우로 섭외한다니까? 야 됐어, 그냥 같이 스케줄 뛰어."

"아니, 둘이 같이 만나면 진짜 안 될 것 같다니까? 이제 선배가 사정 좀 봐줘. 지금 체리스트가 만날 혜화 빠지고 활동하니까 루머가 장난이 아니야. 무슨 홍혜화 왕따설부터, 태업에, 심지어는 임신설까지 돈다니까? 아직은 크게 떠들진 않는데, 이거 심각해. 앞으로는 진짜 형이 양보 좀 해줘."

"양보는 무슨, 그냥 같이 스케줄 뛰게 둬."

"아이 진짜! 둘이 마주치는 게 무섭다니까! 임여우는 아무 말도 안 해?"

"아 몰라. 모르겠고, 여우는 메인이라 못 빼. 야, 솔직히 너희 대형 기획사인데 그 정도는 우리한테 양보 좀 해줘라."

"대형 기획사가 문제가 아니라, 내가 죽게 생겼다니까! 이번 연말 시상식 무대는 우리 혜화가 무조건 참석하니까, 여우는 그날 좀 빼줘."

"뭐 연말 시상식? 야이! 거길 어떻게 빼냐! 야 그냥 둬! 그냥 돼! 둘이 본다고 뭐 큰일이야 있겠냐? 아무튼, 우리 여우는 시상식 절대 못 빼니까 그렇게 알아라."

"아, 선배!"

일방적으로 전화가 끊어졌다. 속이 부글거렸다. 선배는 전혀 위기감을 느끼지 않는 듯했다. 큰일이 없다고? 그 말대로 내가 너무 오버하는 건가? 혜화랑 임여우를 마주치게 해도 정말 괜찮은 걸까?

난 혜화를 불러서 다시 한번 물어보았다.

"혜화야. 너도 알다시피 아무래도 더는 안 될 것 같다. 너 연말 시상식에서 임여우랑 마주칠 텐데, 괜찮겠어?"

"네? 아……. 괜찮아요."

녀석은 입으로는 괜찮다고 말했지만, 순식간에 안색이 창백해졌다. 그리고 난 다시 한번 두 눈을 비벼야 했다. 아주 짧은 순간, 녀석이 이 공간에서 사라진 듯한 기분을 또 느꼈다.

"으음…… 아니다. 너 연말 시상식 무대 준비할 필요…… 없을 것 같다."

"아! 네……."

혜화는 안심하는 것인지 안타까워하는 것인지 모를 복잡한 얼굴로 고개를 끄덕였다.

마주치면 안 되는 아이돌

✝

그룹 보그나르는 이번 연말 시상식에서 대세 그룹임을 증명하는 듯했다. 혜화가 빠진 우리 체리스트보다 뒤쪽 시간대로 배정받은 게 뼈아픈 증거다. 체리스트의 리허설이 끝난 뒤에도 난 돌아가지 않았다. 가장 가까운 무대 바로 밑에서 보그나르의 리허설을 기다렸다. 이윽고 보그나르가 리허설 무대에 오르고 임여우가 화려한 춤으로 무대를 장악했다. 그리고, 나는 실행했다.

나는 내 옆에서 후드를 눌러쓰고 있던 홍혜화를 앞으로 밀며 후드를 벗겼다. 그 즉시 무대 위 임여우와 혜화의 눈이 마주쳤다.

"아!"

"아!"

둘은 벼락을 맞은 듯 서로를 보며 부르르 굳었다.

"아아아아아……!"

"아아아아아……!"

창백해진 둘이 이상한 음성으로 공명하는 그 순간, 난 천장을 바라보았다. 덜컹거리던 조명 하나가 미처 인지할 새도 없이, 임여우의 머리 위로 '퍽' 추락했다.

"꺄아아아악!"

난 황급히 혜화를 끌어당겨 눈을 가렸다. 모두가 대혼란에 빠진 스튜디오에서, 유일하게 내 머리만이 이 상황을 현실로 받아들이고 있었다. 예상대로다. 역시, 둘은 마주치면 안 되는구나.

이제 됐다. 어차피 아이돌인 둘이 평생 마주치지 않을 순 없다. 둘 중 한 명이 죽어야 이 상황이 끝난다면, 그건 보그나르의 임여우다. 그래, 절대로 그것이 우리 혜화일 순 없다. 신인인 임여우보다 유명 아이돌인 혜화가 죽었을 때 슬퍼할 사람이 더 많지 않겠는가? 그래, 내 선택이 옳다.

✢

아침부터 장진주가 찾아왔다. 무슨 큰일이 있는 건 아니겠지?

"어~ 진주야 들어와. 그래, 무슨 일인데?"

녀석은 창백한 안색으로 망설이다가 말했다.

김동식

마주치면 안 되는 아이돌

"팀장님, 저 너무 무서워요. 사람이 죽는 꿈을 꾸었는데, 그게 너무 생생해서 잊히지가 않아요. 지금도 계속 머릿속에 맴돌아요. 무대 조명이 송서선의 머리로 추락하는 꿈이었는데요."

"송서선? 그게 누구, 신인이야?"

"네. 저는 잘 알지도 못하는 아이인데, 왜 그런 꿈을 꾼 걸까요? 송서선이 죽는 모습이 너무 사실처럼 생생해요, 지금도."

겁에 질린 진주의 표정은 진심으로 보였다. 도대체 얼마나 실감나는 꿈이길래……. 난 녀석을 달래주었다.

"글쎄, 별일 아닐 거다. 얼마 전에 걸그룹 멤버 하나가 무대 조명 추락 사고로 죽은 적이 있잖냐. 아무래도 그 사건 때문에 네가 그런 꿈을 꿨나 보다."

"아~ 맞아! 그래서 제가 그런 꿈을 꾼 걸까요?"

"그래, 그냥 잊어버려. 이번 앨범엔 네가 메인인데 그런 거 신경 쓰지 말고 컨디션 관리해야지."

"네 알겠습니다."

녀석은 고개를 끄덕이다가 문득, 물었다.

"그런데 얼마 전에 죽은 그 아이돌 이름이 뭐였죠?"

"걔? 그 왜 있잖냐~ 그 무슨 그룹의 걔. 걔가 그러니까 그 이름이~ 어, 음. 어라? 아닌가? 그 왜 분명히 그……."

난 고개를 저었다.

"에이 됐다. 별로 중요한 일도 아니잖니?"

마주치면 안 되는 아이돌

김동식

중학교를 중퇴하고, 여러 일을 전전하다가 서울 성수동의 주물 공장에 정착하여 10년 넘게 일했다. 평생 꿈이 하나도 없는 삶을 살다가 2016년 5월, 인터넷 게시판에 우연히 올린 첫 단편소설 을 계기로 사람들과의 소통에 맛 들여 글쓰기에 입문했다. 그 사 람들의 도움으로 김동식 소설집을 출간하고 행복한 삶을 즐기 고 있다.

+

Q. 당신이 생각하는 몬스터는 어떤 모습인가요?

제가 생각하는 괴물 중 하나는 '망각'이란 괴물입니다. 잊어선 안 될 것을 잊는 것 말입니다.

세상에 괴물이 많습니다. 악플, 폭력, 사기, 배신, 차별 등등. 우 리는 그 괴물을 잡기 위해 '이건 정말 아니잖아!' 하고 분노하지 만, 매번 잊어버립니다. 사건이 터지면 욕하고, 성토하고, 잊고, 다시 사건이 터지면 욕하고, 성토하고, 잊고, 다시 욕하고, 성토 하고, 잊고······.

인간에게 망각이란 것이 어쩔 수 없다지만, 가끔은 망각이 모든 괴물들의 변호사처럼 느껴집니다. 영화 <내부자들>의 대사가 떠 오르네요.

"어차피 대중들은 개돼집니다. 적당히 짖어대다가 알아서 조용 해질 겁니다."

킹메이커

손아람

1. 문지학

프로젝터가 투사한 뉴스 화면이 벽 한 면 전체를 가득 채우고 있었다. 마침내 아나운서가 문지학의 대전시장 당선이 확실시된다고 선언했다. 2위와 6퍼센트 포인트 이상 차이가 났기 때문에 캠프에서는 이미 한 시간 전부터 당선을 확신하고 있었다. 선거운동원들이 모인 지하 술집 안에 환호성이 울려 퍼졌다. 뉴스 화면은 길 건너 문지학의 선거사무소를 비추었다. 문지학은 입가에 부드러운 미소를 머금은 표정으로 자리에 일어서서 참모들과 악수를 나누는 중이었다. 화면이 반으로 갈렸다. 화면 한편에 경쟁 후보였던 유재성 선거사무소의 대조적으로 침울한 분위기를 담아내기 위해서. 유재성은 이미 자리를 뜬 지 한참 됐고 선거 캠프는 벌써 해산한 듯 썰렁했다. 갑자기 프로젝터 화면이 꺼졌다. 조명도 모두 꺼졌다. 넓은 지하 공간의 어둠 속에는 웅성거리는 소리만 남았다. 선거기간 동안 영경이 연출했던 수많은 쇼 가운데 마지막 남은 것이 시작될 차례였다. 프로젝터가 다시 화면을 띄웠다. 검은색 배경 안에서 줄어드는 하얀 숫자. 3, 2, 1, 그리고 무거운 힙합 비트가 깔렸다. 눈치 빠른 사람들은 어떤 일이 일어날질 예상하고 킥킥, 웃음을 터뜨렸다. 화면 속에는 기호 1번이라 쓰인 야구 모자를 살짝 옆으로 돌려 쓴 노인이 삐딱한 자세로 서 있었다. 선거운동원들은 당선이 확실시된다는 아나운서의 멘트를 들었던 순간보다 더 크게 환호성을 내질렀다. 노인은 오른손으로 모자의 챙을 잡아 눈매가 보이지 않을 정도로 깊숙이 눌렀고, 왼손은 찢어진 청바지의 호주머니 속에 자못 불량해 보이도록 파묻고 있었다. 노인은 이제 곧 대전시장이 될 문지학이었다. 화면 왼쪽과 오른쪽에서 똑같은 옷차림의 젊은 남자 두 명이 역시 기호

1번이라 쓰인 야구 모자를 쓰고 화면 안으로 걸어 들어왔다. 두 남자는 문지학의 뒤편 양쪽에 서더니 리듬에 맞춰 격렬한 춤을 췄다. 선두에 선 문지학이 어색한 제스처로 두 팔을 허우적거리면서 립싱크를 시작했다. 그와 동시에 화면 아래 자막이 깔리고 랩이 흘러나오기 시작했다. 모든 선거운동원이 입을 모아 랩을 따라 불렀다.

너와, 나의, 연결, 고리, 이건, 우리, 안의, 소리
신과, 구의, 연결, 고리, 이건, 우리, 안의, 소리
기호, 1번, 문지학이, 대전, 시의, 연결, 고리
나는, 대전, 시의, 머리, 나머, 지는, 전부, 쩌리
늘어, 나는, 투, 표지, 표, 표, 투, 표지, 워!

문지학이 카메라를 향해 두 팔을 활짝 펼치면서 화면 정지. 엔딩 타이틀이 떴다.
대전시장 선거 후보 기호 1번. 신과 구의 연결고리. 문지학.
유쾌한 웃음소리와 함께 박수가 터졌다. 프로젝터 화면이 꺼졌고, 이번엔 조명의 불이 전부 들어왔다. 벽 앞의 낮은 단상 위로 어느새 문지학이 올라와 있었다. 선거운동원들은

42

손아람

킹메이커

맥주잔을 테이블 위에 내려놓고 벌떡 일어나 기립박수를 보냈다. 문지학은 왼쪽, 오른쪽, 가운데로 한 번씩 공손하게 허리를 굽혀 감사의 인사를 표하고, 마이크를 입가로 가져갔다. 실내는 고요해졌다. 문지학이 입을 열었다. "나는……." 그는 시선이 모두 모일 때까지 뜸을 들인 뒤에 남은 문장을 이어갔다. "대전, 시의, 머리." 마이크를 앞으로 내밀자 나머지의 쩌렁쩌렁한 호응이 돌아왔다. "나머, 지는, 전부, 쩌리!"

영경은 누구보다 즐겁게 웃었다. 몇 달 전 데모 버전으로 제작한 홍보 영상을 회의실에서 시연했을 때 문지학이 버럭 고함을 지르던 모습이 떠올랐기 때문이다.
"이 미친 새끼가! 나를 바보로 만들겠다는 거야?"
회의실 스크린 앞에 선 영경의 눈에 분노를 주체하지 못하고 상체를 곧추세운 문지학과 그 옆에 앉은 선거 참모들의 어안이 벙벙한 표정이 담겼다. 선거본부장이 평정심을 잃지 않으려고 애쓰면서 물었다.
"대체 이게 뭡니까?"
영경은 짤막하게 대답했다.

"유튜브 바이럴 홍보를 위해 제작한 데모 영상입니다."

"그러니까 우리 후보님께서 저 영상 속의 할아버지처럼 입고 나와서 춤을 추면서 랩을 하라는 겁니까?"

"네."

"늘어, 나는, 투, 표지, 하고?"

"표, 표, 투, 표지!"

영경이 웃으면서 되받았지만 본부장은 여전히 심각한 얼굴을 하고 있었다.

"이건 반장 선거가 아니라 대전시장 선거입니다. 초등학생들이야 저런 걸 좋아할지도 모르지. 하지만 걔들은 투표권이 없잖아. 투표권을 가진 학부모들이 랩하는 시장을 원할 거라고 생각합니까?"

제법 날카롭게 들리지만, 평범하기 짝이 없는 직관을 가진 사람의 머릿속에서 나온 질문일 뿐이었다. 영경은 직관에만 의존하지 않았다. 박사학위 소지자 네 명으로 구성된 리서치 팀이 영경의 선거 컨설팅 회사와 계약을 맺고 보름 가까이 밤을 지새웠다. 그 질문의 효용 자체를 연구하기 위해서. 영경이 내놓을 대답은 한참 전에 준비되어 있었다.

"대전시 유권자 대부분은 학부모가 아닙니다. 대전시의 가

장 큰 유권자 집단은 30대 이하 청년층입니다. 이곳은
대한민국에서 가장 젊은 축에 속하는 도시예요. 추적
조사 결과를 보면, 문지학 후보님이 너무 나이가 많고
보수적이라는 인식이 젊은 유권자들 사이에서 점점 확
산되고 있어요. 2위인 유재성이 무소속이라 아직은 여
론조사에서 상당히 앞서고 있지만, 선거 직전에는 뒤
집힐 겁니다. 지금처럼 안전한 전략으로는 안 됩니다.
합리적인 사고방식의 정치 신인 이미지를 가진 유재성
을 정치적 냉소주의자로 재규정하고, 후보님은 더 친
근하고 우스꽝스럽게 젊은 층에 다가가야 해요. 어차
피 유튜브 영상을 보는 건 젊은 유권자뿐입니다. 걱정
마세요, 고정 지지층은 후보님의 랩 실력에 관심을 갖
기는커녕 이런 영상이 존재하는지도 모를 테니까요."
"저 영상이 나가면 앞으로 10년 동안 후보님은 웃음거
리가 될 거요."
본부장이 투덜거렸다. 영경은 받아쳤다.
"웃음거리가 되셔야죠. 요즘 애들은 그런 걸 병맛이
라고 부릅니다. 그게 젊은 사람들과 친해지는 방법입
니다."

본부장은 회의실 테이블 상석에 앉은 문지학의 표정을 살폈다. 깊은 생각에 잠겨 있었다. 그의 주군은 생각에 잠기는 타입이 아니었다. 본부장은 이 제안이 결국 채택될 것임을 깨달았다. 문지학이 한결 누그러진 말투로 물었다.

"류영경 씨. 저게 효과가 있다고 확신해?"

"그건 아무도 모르죠. 하지만 한 가지는 확신합니다. 가만히 있으면 후보님은 이번 선거에서 집니다."

원곡 저작권자인 힙합 뮤지션 도끼로부터 편곡권을 사들이는데 5천만 원이 들었다. 일주일 뒤 촬영을 마치고 유튜브에 배포한 영상에는 엄청난 악플이 주렁주렁 달렸다. 하지만 그건 조금도 상관없었다. 투표함에 악플이 적힌 쪽지를 집어넣어 당선자를 결정하는 건 아니니까. 동영상의 조회 수는 500만을 넘어섰다. 대통령 선거 후보 홍보 영상쯤은 되어야 달성할 수 있는 숫자였다. 그리고 경쟁 후보 유재성을 6퍼센트 포인트 차이로 따돌리고 대전시장 당선자가 된 노인은 지금, 자신을 바보로 만들려는 거냐고 호통쳤던 멀지 않은 과거를 깨끗하게 잊은 채 단상 위에 올라 기쁨에 달뜬 목소리로 외치고 있는 것이다. "나는, 대전, 시의, 머리!"

킹메이커 손아람

파티는 이른 아침까지 이어질 터였다. 영경은 문지학에게 작별 인사를 건네고 그만 퇴근할 생각이었다. 계약에 따라 그의 선거 컨설팅 업무는 이미 끝난 것이었다. 문지학을 찾아 두리번거리고 있는데 본부장이 먼저 영경에게 다가왔다.

"시장님께서 부르십니다."

아직 취임도 하지 않았는데 벌써 당선인을 시장이라 부르고 있었다. 영경은 웃었다.

"그 호칭을 처음 써보겠네요. 어때요, 입에 잘 붙는 것 같습니까?"

본부장도 웃으며 대답했다.

"처음 써보는 건 아니에요. 선거기간 내내 머릿속으로 그렇게 부르고 있었으니까."

영경은 본부장의 차를 타고 10분 거리에 위치한 술집으로 자리를 옮겼다. 지하로 이어지는 어두침침한 계단 복도를 내려간 두 사람은 혐오스러운 금박으로 치장된 문 앞에 섰다. 본부장이 문을 열고 영경의 팔뚝을 붙잡아 방 안에 들였다. 오우! 하는 탄성과 함께 박수

갈채가 쏟아졌다. 마치 영경이 대전시장에 당선되기라도 한 것처럼. 방 안에는 가라오케 기계가 설치되어 있었고, 벽을 따라 ㄷ자 모양으로 놓인 소파 위에는 문지학과 캠프의 선거 참모들, 그리고 그 사이마다 젊은 여성이 한 명씩 앉아 있었다. 테이블 위에는 똑같은 샴페인 다섯 병이 놓였고 그 앞에는 스마트폰 여러 개가 나란히 늘어서 있었다. 여자들이 방 안에 들어오자마자 그것부터 걷어서 테이블 위에 올려두었을 터였다. 룸살롱을 식당처럼 드나드는 문지학이 선거기간 동안 금욕하도록 만드는 데는 실패했지만, 영경은 반드시 몸을 수색해서 스마트폰이나 소형 카메라를 소지했는지 확인해야 한다고 여러 차례 조언했다. 문지학은 그 말마저 귓등으로 흘려들었다. 경쟁 후보였던 유재성의 동영상이 터지기 전까지는.

"류영경 씨와 잠시 단둘이 이야기했으면 좋겠네."

문지학은 참모들과 여자들을 모두 바깥으로 물렸다. 영경은 문지학이 앉은 자리 대각선 건너편으로 걸어가 앉았다. 문지학이 가라오케 기계를 턱짓으로 가리키면서 물었다.

"노래 부르는 거 좋아하나?"

"연결고리는 이제 그만 들었으면 합니다."

손아람

킹메이커

"나는 그 노래를 밤새도록 부르고 싶은걸."

"편곡 음악 사용권이 선거기간으로 한정되어 있어서 그러면 손해배상청구소송을 당할지도 모릅니다. 시장님은 잘 모르시겠지만 그 노래 부른 젊은 가수는 시장님이나 저보다 훨씬 더 많은 돈을 벌지요."

"그래, 그 가수한테도 언제 감사 인사를 전해야겠어. 마시게."

문지학은 이미 개봉한 샴페인병을 한 손에 들고 영경 앞에 놓인 길쭉한 유리잔에 따르려 했다. 영경은 손바닥을 가져가 빈 잔을 가렸다.

"저 술 안 마시는 거 아시지 않습니까."

"오늘은 특별한 날이니까 그 손 치우고 마시게."

영경은 유리잔을 가린 손바닥을 그대로 두었다.

"시장님께는 특별한 날이겠지만 저에게는 직장의 평범한 하루였습니다. 간이 좋지 않아서 그러니 이해해주십시오."

문지학의 얼굴에 불쾌한 표정이 스쳐 지나갔다. 하지만 평소처럼 버럭 고함을 지르기에는 마음이 너무 따뜻한 상태였다. 그는 영경의 잔에 술을 부으려던 손을 거두어 자신의 잔을 더 채워 넣으려 했다. 허공에서 술병을 붙잡아 가로챈 영경의 손이 문지학의 잔에 샴페인을 따라주었다. 문지학은 황금빛 거품이 부글부글 솟아오르는 잔을 들어 단숨에 끝까지 들이켰다.

"자네 공이 정말 컸어. 내가 고맙다는 말을 한 번도 하지 않았지? 늦었지만 고맙네."

"지금이 완벽한 타이밍이죠. 방금 당선되셨잖아요."

"그래. 자네 덕분에 늘어, 나는, 투, 표지, 를 갖게 됐어."

"표, 표, 투, 표지!"

"하하. 지금까지 선거를 몇 번이나 치러봤지?"

"경선까지 포함해서 열두 번입니다."

"열두 번 다 이겼고. 대단한데?"

"이길 만한 후보랑만 계약했으니까요."

"그걸 고를 수 있는 것도 재능이지."

"숫자의 움직임만 유심히 들여다보면 되는 거라 그렇게 어려운 일은 아닙니다."

"그럼 자네에게는 좀 어려울지도 모를 이야기를 해보겠네. 여기로 부른 건 다름이 아니라……."

문지학이 뜸을 들였다. 젠장, 한바탕 싸우겠구만. 영경은 속으로 중얼거렸다.

"자네가 정무직 보좌관으로 추천한 친구 말인데, 내 생각에 더 적당한 사람이 있는 거 같거든."

"죄송합니다, 시장님. 그건 절대로 협상이 불가능한 조건입니다. 저희 회사가 그 친구에게 지급해야 할 2년 치 밀린 연봉이 바로 대전시장 정무직 보좌관 자리라서요."

영경은 1억 원 가까운 정무직 보좌관 연봉의 20퍼센트가 매해 자신의 차명 계좌로 입금될 거라는 사실까지는 굳이 밝히지 않았다. 문지학이 물었다.

"내가 하고 싶은 말은 이거야. 아예 자네가 그 자리를 맡아보면 어떻겠나?"

영경은 입을 굳게 다물었다. 문지학이 말을 이어갔다.

"4급 공무원이네. 물론 먼저 우리 정당 당적을 가져야 하고. 지금 같은 돈벌이는 못 되겠지만, 10년 이내에 공천을 받게 될 거야. 나도 그렇게 정치를 시작했어."

"감사합니다만, 사양하겠습니다. 저는 군신 관계를 맺지 않습니다. 정치에도 관심이 없고요. 제 자의식은 대부분의 정치인보다 훨씬 비대해서, 제가 대중을 직접

상대할 깜냥이 안 된다는 걸 정확하게 파악하고 있을 정도
거든요."

"정치에 나설 생각을 해본 적이 정말로 한 번도 없나?"

"전혀 없습니다. 앞으로도 없을 거고요."

"그거야말로 최고의 정치적 소질인데 말이야. 정치인의 삶
이 어떤 것인지 알고 있나? 직접 해보면 자네가 짐작하거나
상상하는 거랑은 완전히 다를 걸세. 나는 이걸 사람으로 태
어나서 누릴 수 있는 최고의 호강이라고 말하겠네."

"당선된다면요. 제가 회사 차리고 첫 번째로 일했던 선거에
서 패배를 안긴 상대 후보는 지금 피자집 사장입니다. 선거
에 재산을 다 탕진해버렸거든요. 어쩌면 배달도 오토바이
타고 직접 다닐지 모르겠네요. 정치인보다 정치인의 돈을
뜯어내는 쪽이 훨씬 안정적인 직업입니다. 제가 둘 다 가까
이에서 겪어봐서 잘 압니다."

"하하. 진짜 웃기는 친구야. 선물이라도 하나 주고 싶은데,
뭐 바라는 건 없나?"

"잔금을 얼른 입금해주셨으면 좋겠습니다. 성공 보수 더하
는 걸 잊지 마시고요. 그리고 제 파트너를 정무직 보좌관에
앉힌다는 약속을 꼭 지키셔야 합니다. 꼭요."

"그렇게 하겠네."

그게 작별 인사였다. 문지학과 다시 만나게 되는 건 다음 선거 때나 될 것이다. 영경이 더 막강한 거물의 선거 컨설팅 기회를 잡게 되지 않는다면. 영경이 방을 나오자 복도에서 기다리던 참모들과 여자들이 줄지어 방으로 다시 들어갔다. 영경은 반대 방향으로 복도를 걸어 룸살롱을 빠져나왔다. 그때 휴대전화기가 짤막하게 울렸다. 영경은 전화기를 주머니에서 꺼내 발신자를 확인했다. 박은지가 보낸 문자메시지였다. 딱 두 글자.

[술 사.]

술도 안 마시는 사람한테 다들 너무하잖아, 영경은 혼잣말을 중얼거리면서 대로변으로 걸어갔다. 그는 택시를 잡아타고 은지를 만나러 갔다.

2. 박은지

영경과 은지는 20여 년 전 정치 컨설팅 회사의 여론조사 연구원으로 만났다. 국내 최초로 설립된 정치 컨설팅 회사이자, 당시로서는 국내 최대의 정치 컨설팅 회사였다. 그들이 입사했을 때 대표는 이미 업계의 전설로 불리고 있었다. 젊은 시절 대표는 전국을 떠돌며 굿을 치르던 무당이었고, 시대가 바뀌어 무당 일이 시원찮아지자 인사동에 점집을 내고 눌러앉았다. 고객의 대부분은 배우자 궁합이나 사업 운을 듣기 위해 그를 찾아왔다. 흐릿한 검은자위 때문에 섬뜩하게 보이는 실명한 왼쪽 눈이 점쟁이로서 명성을 쌓는 데 도

강메이커 손아람

움이 되었다. 그의 운명이 완전히 다른 방향으로 나아
가게 된 사건은 1981년에 벌어졌다. 퇴역 장군의 부인
이 손님으로 그를 방문했던 것이다. 군에서 얻은 두터
운 신망 때문에 도리어 쿠데타로 집권한 전두환 대통
령의 눈 밖에 났던 소심한 남편은, 행여나 명이 줄어들
까 봐 좀처럼 정치에 발을 들이려 하지 않았다.

"허, 부군께서는 용이 되실 팔자로 났는데 말입니다."
그는 부인이 듣고 싶었던 말로 용기를 북돋워주었고,
부인은 점쟁이의 말로 남편의 용기를 북돋워주었다. 정
치에 뛰어든 퇴역 장군은 차기 대통령으로 당선됐다.
회식 자리에서 영경이 심술궂게 물어본 적이 있었다.

"대표님 점괘에는 대표님 자신의 운명도 나오던가요?"
대표는 큭큭 웃으며 대답했었다.

"중은 제 머리를 깎지 않고, 점쟁이는 제 명을 들여다
보는 게 아니다."
노태우 대통령 당선 직후부터 점쟁이의 주 고객층은
정치인들로 바뀌었다. 그 자신이 정치인은 아니었으
므로 손님을 받을 때 여당과 야당을 가리지 않았다. 미
래를 안다는 것은, 혹은 미래를 안다고 여겨지는 것은,

그 자체로 권력이라는 사실을 그는 금방 깨달았다. 1990년대 초반에는 그의 입에서 나오는 말이 선거뿐만 아니라 정책과 입법에까지 영향을 미치는 일이 잦아졌다. 찾아오는 정치인들은 깍듯이 허리를 굽히며 그를 선생님이라 높여 불렀고, 선생인 그는 미래를 들여다볼 시야를 갖지 못한 하잘 것없는 중생들에게 무례한 반말을 일삼았다. 하지만 점쟁이의 불만은 점점 늘어만 갔다. 그런 엄청난 권력을 가졌는데도 몇 푼 안 되는 복비밖에 받지 못하는 게 못마땅했던 것이다. 역술가로서 벌 수 있는 돈은 한계가 있었다. IMF 구제금융 사태로 기업들이 휘청이던 때, 그는 미래를 엿본 대가로 긁어모은 금고 속의 뭉칫돈을 풀어 여론조사기관을 인수했다. 그리고 회사의 업종을 당시에는 개념조차 정립되지 않았던 '정치 컨설팅'으로 바꿨다. 여론조사와 추이 예측이라는 기존 업무에 정치적 해법 처방이 주 업무로 더해졌기 때문이다. 직원 열네 명은 모두 학위를 소지하고 있었다. 영경은 경제학을 전공했고, 은지는 언론학을 전공했다. 회사에서 중졸 학력은 대표 한 사람뿐이었다. 직원들이 과학적 모델을 다루는 데 훨씬 익숙했으므로 회사 일은 더 이상 대표의 방식으로 돌아가지는 않았다. 하지만 직원들의 과학적

업무는 대표의 정치적 처방에 무게를 실어주는 증거자
료에 지나지 않았고, 그들의 과학적 업무가 성공적일
수록 대표의 신묘한 정치적 안목에 대한 명성은 커져
갔다. 그는 21세기를 살아가는 역술가로서는 유일하게
과학을 다스리는 자가 되었다. 회사에는 커다란 위험
요소였다. 결국 사달이 나는 때가 찾아왔다.

영경은 노무현 대통령이 탄핵 소추될 것이라는 사실
을 탄핵소추안이 발의되기 한 달 전에 이미 알았다. 정
치 평론가나 정치부 기자들 가운데는 미세한 조짐이나
마 눈치챈 사람이 한 명도 없을 때였다. 대표는 직원들
에게 대통령 탄핵소추안이 국회에서 가결될 가능성을
조사해 오라고 지시했다. 불가능한 임무였다. 여론조
사 결과가 통계로써 의미를 가지려면 적어도 수천 명
크기의 표본이 필요했다. 국회의원은 500명뿐이었다.
전수조사가 가능하다고 해도 시도할 수조차 없었다.
'대통령 탄핵소추안이 상정된다면 찬성표를 던지겠
습니까?'라고 적힌 설문지를 국회의원들에게 돌릴 수
는 없는 노릇이었다. 어찌어찌 답변서를 돌려받는다
고 해도 거짓말을 밥 먹듯이 능숙하게 하는 그들의 말

을 곧이곧대로 믿을 수는 없었다. 직원을 대표하는 영경이 회사를 대표하는 점쟁이에게 의견을 전달했다. "이번 일은 저희 능력 밖입니다." 대표가 별다른 감정을 드러내지 않고 "알았어, 어쩔 수 없지"라고 대답했을 때 영경은 이미 불길한 기운을 느꼈다. 대통령 당선자를 세상에 끌어 올려서 남루한 신세를 털어냈듯이, 현직 대통령을 끌어내려서 경력을 한 번 더 도약시킬 수 있다고 대표는 믿고 있는 게 분명했다. 며칠 뒤 열한 명의 야당 국회의원들이 회사로 몰려왔다. 병아리 장수의 상술에 혼을 빼앗긴 초등학생처럼 자신을 둘러싼 국회의원들 앞에서, 대표는 바닥에 주저앉아 길한 기운이 한 점에 모이는 날을 뽑았다. 3월 12일. 점괘로 뽑은 날짜가 바로 대통령 탄핵소추안이 사상 최초로 국회 안건에 오른 기념비적인 날이 되었다. 점괘가 다르게 나왔다면 역사도 조금 달라졌을 것이다.

결과는 누구나 아는 대로다. 시민들이 길거리로 뛰쳐나와 시위를 벌였다. 헌법재판소는 탄핵소추안을 기각했다. 탄핵 소추에 관여한 의원들은 정치적 사망 선고를 받았고, 대표의 경력과 그가 소유한 회사까지 산산조각으로 박살이 났다. 고객으로 찾아오던 정치인들은 그가 평생 동안 거둔 성

공보다 이 처참한 실패를 훨씬 오래 기억할 터였다. 대
표는 회사를 폐업하고 다시 인사동의 점쟁이로 되돌아
갔다. 유력한 정치인들의 점을 봐주며 살아왔으니 굶
어 죽을 걱정은 할 필요가 없었다. 직원들은 살길을 찾
아야 했다. 영경과 은지는 독립해서 각각 자신의 컨설
팅 회사를 세웠다. 여론조사보다 그에 기반한 정치 전
략 컨설팅이 훨씬 더 남는 장사라는 사실을 간파한 것
은, 누구도 부정할 수 없는 점쟁이의 탁월한 안목이었
다. 그리고 점쟁이는 대통령 탄핵 소추라는 역사적인
사건을 통해 정치 컨설팅이 역학(易學)에서 과학으로
나아가는 데 기여했던 셈이다. 영경과 은지는 이번 대
전시장 선거에서 처음으로 적이 되어 맞붙었다.

영경은 기다란 바 앞에 쓸쓸하게 혼자 앉아 있는 은지
의 뒷모습을 보았다. 그 옆에는 빨대가 꽂힌 오렌지 주
스가 벌써 놓여 있었다. 영경의 자리였다. 그는 의자
를 뒤로 끌어내고 오렌지 주스 앞에 털썩 주저앉았다.
은지의 앞에는 벌써 빈 칵테일 잔이 하나 놓여 있었
다. 그녀는 진토닉이 찰랑거리는 새 잔을 집어 들고 말

했다.

"축하해. 첫 대결에서는 네가 이겼네."

"그렇게 됐구나. 미안하다. 약간."

"건배하자. 대전시민들을 위해서. 문지학이 당선된 건 그들에게 참 안된 일이잖아."

영경은 주스 잔을 들어 은지의 잔 가까이로 가져갔다.

"정말 안된 일이야. 그래도 그나마 다행인 건 유재성이 당선되는 최악의 상황을 피했다는 거지."

은지는 부딪히려고 내민 잔을 뒤로 빼고 영경을 노려보았다. 그녀는 공격적인 말투로 물었다.

"진심? 너는 문지학한테 투표했냐?"

"당연히 투표소에 들어가자마자 기호 1번 문지학에게 도장을 찍었지. 그다음 기호 7번 유재성에게 도장을 찍었고. 그렇게 기호 1번부터 8번까지 도장을 다 찍어 공평한 무효표로 만든 다음에 반으로 곱게 접어 투표함에 넣었지. 투표소 밖으로 나오니까 선거운동 하는 애들이 나를 향해 엄지손가락을 내밀더라. 그래서 나도 엄지손가락을 내밀어줬어. 만족하냐?"

은지가 한숨을 길게 내쉬었다. 영경이 거꾸로 따졌다.

칭페이커

손아람

"나는 늘 그렇게 하는데. 우리가 언제부터 진심으로 투표를 했다고 그래. 우리는 표를 던지는 사람이 아냐. 표를 걷는 사람이지. 선거 지역에 전입신고를 하는 건 투표권을 얻기 위해서가 아니라 선거운동 권한을 법적으로 얻기 위해서일 뿐이잖아."

은지는 입을 다물었다. 영경이 다시 물었다.

"너 혹시 유재성한테 투표했냐?"

은지는 대답 대신 칵테일 잔을 입술로 가져갔다. 영경은 웃음을 크게 터뜨렸다.

"이거 이제 보니까 완전히 아마추어였네."

"네가 한 표를 보탰다면 네 후보는 한 표만큼 더 유리해졌을 텐데."

"왜 문지학이 한 표 더 얻었을 거라고 생각하는데? 반드시 누군가에게 표를 줘야 했다면, 나는 문지학을 찍지 않았을 거야. 차라리 유재성을 찍고 말지. 나는 문지학을 지지해서 캠프에 합류한 게 아냐. 그 노인네가 나한테 돈을 주기 때문에 합류한 거지. 이건 직업이야. 너도 마찬가지 아니야? 지지하는 후보랑만 일할 거야?"

"모든 유권자가 너 같다면 정치가 참 볼만하겠다."

"모든 유권자는 나 같지 않아. 그래서 우리가 이 일로 돈을 버는 거지."

"유재성 후보, 훌륭한 사람이야. 대전시장이 됐어야 해."

"알아. 훌륭한 사람인 거. 그냥 대학에 계속 남았으면 학생들한테 훌륭한 교수로 인기를 끌었겠지. 돈을 너무 많이 벌고 나니까 그 정도로는 만족하지 못할 정도로 욕심이 커진 거야. 유재성이 직업을 바꾼 건 일생일대의 실수야. 훌륭한 정치인이라니, 들어본 적이나 있냐?"

은지는 진토닉을 벌컥 들이켜고 빈 잔을 깨부술 듯이 거칠게 바 위에 내려놓았다.

"훌륭하지 못한 정치인으로 네가 만든 건 아니고? 너희 회사에서 실시한 여론조사 항목을 봤어. '여학생들과 성관계를 맺은 적이 있는 남자 교수가 시장선거 후보로 나온다면 지지하겠습니까?' 장난해?"

영경은 말없이 주스 잔을 들어 빨대를 입에 물고 쪽쪽 빨았다. 은지는 계속 소리 지르고 있었다.

"예전에 우리 같이 일할 때 푸시폴은 절대로 쓰면 안 된다고 고집했던 게 너잖아. 정치판이 아무리 더러운 곳이라도 지

켜야 할 마지노선이 있는 거라고. 기억 안 나? 어쩌다
너 이렇게까지 쓰레기가 됐냐?"
영경은 한참 동안 침묵을 지킨 뒤에 입을 열었다.
"그때는 내가 사장이 아니라 직원이었으니까. 여론 유
도 여론조사까지 실시해가면서 이겨야 할 필요성은 느
끼지 못했거든. 그렇게 이겨봐야 내 월급이 늘어나는
것도 아닌데. 물론 유재성이 여학생과 성관계를 하지
는 않았지. 하지만 룸살롱에 갔던 건 사실이잖아? 룸
살롱에 드나드는 게 들통나니까 사람들이 대학에서 여
학생과도 잤을 만한 놈이라고 당연히 믿고 뜬소문을
퍼뜨리게 된 거지. 룸살롱에 다니는 훌륭한 정치인이
있냐? 네가 잘하는 여론조사 한번 돌려봐라. 응답률이
몇 퍼센트나 되나."
"말 나왔으니 물어보자. 그 룸살롱 동영상은 대체 어디
서 난 거야?"
"싸게 샀지. 룸살롱에서 일했던 여자한테."
선거를 사실상 판가름 낸 건 그 동영상이었다. 동영상
을 접하자마자 영경은 그렇게 될 걸 알았다. 그래서 대
가로 지불한 천만 원은 거저나 다름없이 싼 가격이었

다. 여론조사에는 의례적으로 '당신이 지지자를 결정하는 데 네거티브 선거 전략이 영향을 미칩니까?'라는 문항이 들어가고, 100퍼센트 가까운 응답자가 아니오, 라고 대답한다. 왜 그런 문항이 들어가는지 모를 지경이다. 하지만 유권자는 언제나 네거티브에만 영향을 받는다. 트위터 작업 계정으로 정치인이 익명으로 100만 원을 기부했다는 진짜 뉴스를 흘려봐야 아무런 관심을 끌지 못하지만, 100만 원을 훔친 사실이 밝혀졌다는 가짜 뉴스를 흘리면 트위터는 폭발한다. 그리고 그게 가짜 뉴스라는 진짜 뉴스는 거의 관심을 끌지 못한다. 정치인이 직접 나서서 해명을 하면 상황은 더욱 악화된다. 선거 컨설턴트들은 이 현상을 '맥도날드의 지렁이'라고 부른다. 맥도날드가 지렁이를 갈아 햄버거 패티를 만든다는 소문이 돌았을 때, 맥도날드는 '지렁이로 햄버거 패티를 만든다는 소문은 사실이 아니다'라는 보도자료를 냈다. 보도자료가 나가자마자 맥도날드의 매출은 뚝 떨어졌다. 심리학자들은 맥도날드의 보도자료에서 지렁이라는 단어를 접한 순간, 소비자들이 패티 속에 들어 있는 지렁이를 자동적으로 연상한다는 사실을 발견했다. 업계의 고전적인 대응 전략은 상대의 더 큰 약점을 만들어내는 것이었다. 선거 컨설턴트들이 '버거킹의 바퀴벌레'라고 부르는 방법이다. 그리고 영경이 선거에서 손쉽게 이긴 건 은지가 버거킹의 바퀴벌레를 손에 넣지 못한 덕분이었다. 은지는 바텐더를 불러 진토닉을 한 잔 더 주문하고서는 영경에게 물었다.

"룸살롱 동영상을 구해 왔을 때 문지학이 좋아서 아주 입이 찢어졌겠다?"

지금 이 순간에도 룸살롱에서 여자를 끼고 있을 문지학이 보였던 반응을 영경은 떠올려보았다. 입이 찢어졌는지는 알 수 없었다. 동영상을 입수하자마자 문자메시지 첨부파일로 보좌관에게 보냈기 때문이다. 한 시간 뒤 문지학이 보낸 문자메시지 한 통을 받았을 뿐이다. 거기엔 이모티콘 하나만 찍혀 있었다. [^^.] 영경은 은지에게 되물었다.

"너가 솔직히 대답해 봐. 룸살롱에서 놀고 있는 문지학이 찍힌 동영상을 손에 넣었다면, 유재성은 쓰지 않았을 거 같아?"

"그래, 라고 내가 대답하면 너는 믿을래?"

"안 믿을래."

"그럼 대답할 필요도 없겠네. 너한테 화가 많이 났더라."

"유재성이?"

"응."

"패배자는 늘 화가 나 있지. 신경 안 쓴다."

"신경 써야 할걸. 너랑 대화 한번 하게 해달라고 하던데."

"그거야? 그래서 투표 집계가 다 끝나지도 않은 이 새벽에 나를 여기로 불러낸 거야?"

"그래, 경고해주려고. 잔인하게 보복하고 싶은 건지도 몰라. 내가 유재성이라도 그러고 싶을 것 같다."

영경은 피식 소리 내 웃었다. 은지가 주문한 진토닉을 가져온 바텐더가 잔을 바 위에 내려놓았다. 영경은 먼저 주스 잔을 들어 다시 한번 건배를 청했다.

"훌륭한 정치인의 약점이 뭔지 알아? 절대로 그런 짓을 못한다는 거."

은지는 잔을 드는 대신 핸드백 덮개를 열고 명함을 꺼내 바위에 내려놓은 뒤 영경 쪽으로 밀었다. 대전시장 선거 후보기호 7번 무소속 유재성. 정치인 개인의 직통 전화번호가 적혀 있는 특별한 명함이었다. 정치인들끼리 인사할 때나 꺼내서 서로 주고받는.

손아람

킹메이커

"어차피 오늘 잠자긴 그른 거 같으니까 새벽이라도 전화하래. 남자 대 남자로 이야기 한번 해보고 싶다면서. 그놈의 남자 대 남자. 쫌생이들끼리 치고받는 일이 뭐 거창한 결투나 되는지 알아요. 난 경고했으니까 어떤 일이 일어나든지 내 책임은 없는 거다?"

은지는 핸드백을 챙겨 자리에서 일어났다. 영경은 입도 대지 않은 진토닉 잔을 가리키며 물었다.

"이거 안 마셔? 나한테 술값 뒤집어씌우려고 시켰냐?"

은지는 핸드백에서 지갑을 꺼내며 대답했다.

"됐어. 계산은 내가 할 거야. 만약 니가 내일 시체로 발견되면 더 이상 술 살 기회가 없을 테니까."

"어디로 갈 거야?"

"한숨 자고 서울로 돌아가야지."

"선거마다 그렇게 지기만 해서 언제까지 장사하겠냐? 회사 합칠래? 너 이기는 데는 재능이 없어도 정보 깎는 거 하나는 잘하잖아. 이기는 재능은 나한테 있고. 윈윈하자."

"내 걱정은 안 해줘도 돼. 몇 번쯤 져도 괜찮아. 난 여자니까."

"히야. 완전히 '반여성'적인 발언인데?"

"나 심주희 의원이 불러서 아래로 들어가기로 했어. 어쩌면 거기에 뼈를 묻을지도 몰라."

영경은 자리에 앉은 뒤 처음으로 놀랐다. 그건 이번에 치른 지방선거 전체보다 훨씬 큰 일감이었다. 뼈를 묻기 충분한 도박이었다. 10년이 넘게 걸리더라도, 딱 한 번만 이기면 청와대로 들어간다는 뜻이니까.

"심주희? 사민당 대통령 후보 예비경선?"

"응."

"아니 심주희 같은 거물이 왜 너 따위 조무래기한테 관심을 보여?"

"같은 여자니까. 여성 컨설턴트는 여성 정치인보다 훨씬 더 귀하거든. 지저분한 남자들끼리 어깨동무하고 다 해 처먹는 세계에서 겨우겨우 살아남은 몇 안 되는 여자가 누리는 특권인 셈이지."

"아. 나도 여자로 태어났으면 좋았을 텐데."

"나도 네가 여자로 태어났으면 좋았겠다는 생각이 든다. 그랬으면 네가 괴물이 되어가는 꼴을 지켜보지 않아도 됐을 텐데. 널 보고 있으면 말이야, 극장에서 슬픈 영화를 볼 때도 나오지 않던 눈물이 주르륵 흐를 것 같다, 야.”

은지는 계산을 치르고 문 쪽으로 걸어갔다. 영경이 그
녀의 등에 대고 비아냥거렸다.

“행운을 빈다. 고결한 여성님들끼리 모여서 어디 한
번 잘해봐라. 좆이 안 달려서 누구도 사고칠 일은 없
겠네.”

은지는 걸음을 멈추고 영경을 돌아봤다.

“잊지 말고 유재성 후보님한테 전화드려. 전화 안 오면
니 사무실로 쳐들어갈 기세더라. 선거 끝난 오늘 바로
전화해서 예의 바르게 사과하고 푸는 편이 나을 거야.
이성적인 사람이니까.”

“자꾸 후보라 부르네. 선거에서 졌으면 이제 후보가 아
니지.”

“그래. 유재성 교수님한테 전화드려.”

말을 마친 뒤 은지는 문을 열고 바에서 빠져나갔다.

3. 유재성

유재성의 집에 도착했을 때는 이미 동이 트고 있었다. 영경이 문자메시지를 보내자마자 바로 전화를 되걸어 온 유재성은 다짜고짜 집으로 찾아오라고 말했다. "이런 이야기는 얼굴을 보면서 하는 게 낫습니다." 그는 그렇게만 말했고, 영경 역시 "그럼 지금 가겠습니다" 한 마디로 통화를 끝냈다. 지난 몇 달간 다혈질의 노인을 상대해온 영경은, 감정 표출을 억누르고 정중한 말투를 구사하는 유재성의 자제력에 깊은 인상을 받았다. 함정은 아닐까? 의심스러운 생각이 들지 않았던 건 아니지만 결국 영경은 담벼락이 높은 저택의

킹메이커

손아람

현관문 앞에 서서 초인종을 누르고 있었다. 응답이 없었다. 30초 뒤 다시 초인종을 눌렀다. 한참 지났을 때 중년 여성의 잠이 덜 깬 목소리가 인터폰에서 흘러나왔다.

"누구세요?"

"안녕하세요, 사모님. 이른 시간 죄송합니다. 유재성 교수님 뵈러 온 선거 컨설턴트 류영……."

인터폰이 뚝 끊기고 철컥, 소리와 함께 현관문이 열렸다. 집 안에 발을 들이고 나면 어떤 대접을 받게 될지 크게 기대해볼 만한 첫 접촉이었다. 설마 죽이기야 하겠어, 속으로 중얼거리면서 영경은 무거운 철문을 두 손으로 밀고 들어갔다. 안쪽으로는 영경이 사는 아파트 건물 부지만 한 정원이 펼쳐져 있었다. 선거기간에 영경이 조사한 대로라면, 유재성은 대전시에 주민 등록된 150만여 명 가운데 네 번째로 돈이 많은 사람이었다. 그는 카이스트의 교수였고, 학교 밖에서는 벤처 기업의 공동 설립자였다. 그 회사는 산업용 패턴 인식 인공지능 분야에서 독보적인 지위를 구축하고 있었다. 덕분에 수천 명의 주차장 관리인이 지난 10여 년간 일

자리를 잃었다. 전국 주차장의 자동차 번호판 자동인식기에는 모두 유재성의 프로그램이 들어간다. 회사는 지문 인식, 음성 인식, 안면 인식 등으로 사업을 확장했고 결국 영경의 영역까지 침범해왔다. 회사가 여론조사 결과를 보정하는 자동화 분석 알고리즘을 개발했던 것이다. 주관이 강력하게 개입할 수밖에 없는 이 일은 그때까지 순전히 인간의 몫으로 여겨졌다.

'당신은 후보가 여성이라면 투표하지 않겠습니까?' 성차별주의자를 색출할 의도가 노골적으로 엿보이는 이런 설문 문항에 네, 라고 대답하는 응답자가 거의 없다는 것은 잘 알려진 사실이다. '당신의 가족 중에는 후보가 여성이라면 투표하지 않을 사람이 있습니까?' 유재성은 질문의 주어를 살짝 바꾸는 것만으로 여론조사 결과가 미묘하게 달라진다는 사실에 착안했다. 위 질문에서 '가족'을 '이웃'으로 바꾸면 결과는 꽤 큰 차이가 났다. '이번 선거에서 여성 후보가 당선될 가능성이 있다고 생각하십니까?'라고 물으면 아예 다른 여론조사가 되어버렸다. 유재성의 프로그램은 비슷한 내용을 담은 질문을 형태만 약간씩 바꾸고 뒤섞어 수십 벌의 여론조사 설문지 버전을 만들고, 돌아온 결과에 차등적인 가

산점을 부여하도록 설계되었다. 프로그램이 성공을 거뒀다면 영경의 일자리도 위태로워졌을지도 모른다. 하지만 진짜 마음을 숨기고 여론조사에 거짓말로 응답하는 샤이 투표층의 크기와 성향을 추측하는 모델을 발견했다고 유재성이 주장했을 때, 귀 기울이는 사람은 거의 없었다. 프로그램은 시장에 안착하지 못했다. 망했다. 언론과 여론조사기관은 코웃음을 쳤다. 영경 역시 마찬가지였다. 그러나 이를 계기로 정치에 관심을 갖게 된 유재성은 몸소 지방선거에 출마했다. 인공지능이 유권자 성향을 분석하여 그의 당선 가능성이 높다고 판단해주었을지도 모른다. 만약 그랬다면 이번 선거는 인간 대 인공지능의 싸움, 정치판에서 벌어진 이세돌 대 알파고의 바둑이었던 셈이다. 유재성의 프로그램이 기가바이트에 달하는 숫자들을 수만 가지 조합의 테이블로 분류하고 대조하는 동안, 영경이 한 일이라고는 동영상 하나를 찾아냈을 뿐이었다. 숫기 없는 모습으로 룸살롱에 앉아 있는 유재성의 모습이 찍힌 동영상. 그걸로 끝이었다.

유재성의 부인은 영경을 자택 2층에 위치한 서재로 인도했다. 방 앞에 도착할 때까지 두 사람은 말 한마디 나누지 않았다. 부인은 영경을 서재 문 앞까지 데려다주고 차갑게 등을 돌려 계단을 다시 내려갔다. 영경은 문을 두 번 두드려 노크했다.

"들어오세요."

영경은 들어갔다. 벽면 전체를 덮은 책장 앞에 원목 책상이 놓여 있었고, 유재성은 책상 뒤쪽 가죽 의자에 비스듬히 기대어 앉아서 크리스털 잔에 따라놓은 위스키를 홀짝이고 있었다.

"그 앞에 앉으시죠."

영경은 시키는 대로 따랐다. 유재성은 선반 위에 엎어놓은 위스키 잔을 뒤집으면서 물었다.

"한잔 드릴까요?"

"괜찮습니다. 술은 마시지 않습니다."

"바람직한 직업 철칙이네요. 결국 술 마시는 동영상을 찾아내서 제가 무릎을 꿇게 만드셨으니."

"제가 동영상을 찾아냈기 때문에 졌다고요? 이 일을 20년 가까이 하면서도 정치인들의 사고방식이 왜 그렇게 돌아가는지 아직까지도 이해가 안 갑니다. 룸살롱에 출입했기 때문에 졌다는 생각은 들지 않나요?"

마치 유재성에게 화가 나서 찾아오게 된 것처럼, 영경의 목소리가 더 격앙되어 있었다. 유재성은 책상 건너편 영경을 지긋이 바라보며 물었다.

"문지학은 룸살롱에 가본 적이 없을 거라고 생각합니까?"

영경은 밤새도록 룸살롱에서 당선 파티를 벌였을 노인의 모습을 떠올렸다. 지금쯤 집에 들어갔을까? 아니면 어디에 쓰러져 있을까? 영경은 대답했다.

"우린 전쟁 중이었어요. 전쟁을 치르는 적에게 너희는 기습을 경계하면서 왜 기습을 감행했냐고 물을 수는 없는 겁니다. 만약 이번 선거에서 제가 교수님께 고용됐다면 문지학을 똑같이 공격했을 겁니다. 이런 문제로 사적인 감정을 갖지 않으셨으면 합니다."

"사적인 감정 때문에 부른 게 아닙니다."

"그럼 이 아침에 제가 여기 와 있어야 하는 이유가 무엇입니까."

유재성은 위스키를 한 모금 마셨다.

"문지학은 선거기간 동안에도 룸살롱에 다닌 모양이더군 요. 술만 마시고 끝내지도 않았고요."

"그렇게 상상하면 교수님의 마음이 조금 편해집니까?"

"그 룸살롱 동영상이 인터넷에 한참 돌고 있을 때, 내 선거 컨설턴트였던 박은지 씨가 동영상 하나를 구해 왔어요."

처음 듣는 이야기였다. 영경은 입을 다물었다. 유재성이 말했다.

"섹스 동영상이었죠. 박은지 씨는 네거티브 이슈를 덮을 방법이 그것밖에 없다고 하더군요."

영경으로서는 사실인지 거짓말인지 확인할 길이 없었다. 하지만 확실한 건, 그런 동영상이 정말로 존재했다면 선거는 치를 필요도 없었다는 사실이었다. 예순을 넘긴 노인의 섹스 동영상. 비아그라를 꿀꺽 삼키는 장면부터 담겼을까? 동영상이 공개됐다면, 문지학은 출마를 철회하고 정계를 은퇴했어야 했다. 유재성은 계속 이야기했다.

"나는 동영상을 사용하자는 제안을 거절했습니다. 진흙탕에 뛰어들어 함께 뒹굴지 않아도 유권자는 현명하게 판단할 거라고 믿었어요. 그게 올바른 결정이라고 생각했습니다."

"올바른 결정이 아니라 멍청한 결정이었습니다. 그게 사실

킹메이커 손아람

이라면요.”

“그랬는지도 모르죠.”

유재성은 담담한 표정으로 위스키를 들이마셨다. 영경은 유재성을 빤히 바라보다 말했다.

“저도 한잔 주시겠습니까?”

“안 마신다면서요.”

“오늘만 한잔 마시죠. 후보님께 표하는 저의 사의라고 생각하십시오.”

영경은 자기도 모르게 교수님 대신 후보님이라는 표현을 썼다. 유재성은 위스키병을 기울여 빈 잔에 부어 넣고 영경 앞에 내려놓았다. 영경은 잔을 받자마자 들이켰다. 유재성이 말했다.

“저는 룸살롱에 다니지 않아요. 윤리를 따지기 전에 취향에 안 맞습니다. 룸살롱에 가본 건 맹세코 그때가 처음이자 마지막이었습니다. 총장이 주선한 자리라 빠질 수가 없었어요. 당시 부시장이었던 문지학도 그 자리에 있었습니다. 내가 출마할 거라는 소문이 돌 때였으니, 처음부터 함정이었을 겁니다. 그 딱 한 번이 발목을 잡다니. 그게 오늘 잠에 못 드는 이유인지도 모르겠고.”

“다른 건 다 사실이라도 해도, 그 말만큼은 믿을 수가 없네요. 만약 제가 후보님 동영상을 손에 넣지 못했다면 단 한 번도 룸살롱에 가본 적이 없다고 말씀하셨을 거 아닙니까.”

“선거기간 내내 나를 정치적 냉소주의자라고 공격하더니, 류영경 씨야말로 정치적 냉소주의자네요.”

“저는 냉소주의자라도 괜찮습니다. 후보님은 냉소주의자면 안 되는 거죠. 선거에 출마하셨으니까요.”

“사실 제가 선거에 패배한 건 동영상 때문이 아닙니다. 진짜 이유를 압니까?”

“선거 전략에 문제가 있었으니까요.”

“구체적으로?”

“네거티브에 네거티브로 대응하지 않았잖아요. 착한 선거를 하다 착하게 패배하셨어요. 박은지같이 똑똑한 여자가 어떻게 참아가며 몇 달간 견뎌냈는지, 저는 그게 의문입니다.”

“그게 접니다. 제 지지자들이 끝까지 저를 지지했던 이유고요.”

이제 영경까지 답답한 기분을 느꼈다. 그는 위스키 잔을 들어 바닥날 때까지 쭉 들이켜고 내려놓았다.

"정말로 그럴까요? 후보님의 주요 지지층은 40대 이하 사무직과 전문직이었습니다. 그들은 착하게 패배하는 정치인을 원하지 않습니다. 착하게 이기는 정치인을 원하지요. 후보님은 얼마든지 착해도 됩니다. 하지만 선거 참모들이 손을 더럽히도록 허락해야 했어요. 후보님 스스로 만든 이미지에 결박당해서는 안 되는 거였습니다."

"박은지 씨는 류영경 씨가 유능하긴 하다고 인정하더군요. 하지만 이번엔 류영경 씨가 틀렸어요. 제가 패배한 건 류영경 씨의 네거티브가 먹혔기 때문이 아닙니다. 처음부터 패배할 선거였기 때문에 패배한 거죠. 저한테는 이번 선거에서 이기는 것보다 정직한 이미지를 지키는 게 더 중요했습니다."

"처음부터 패배할 선거 같은 건 세상에 없습니다. 그럼 선거를 왜 하겠습니까?"

"제 프로그램은 처음부터 제가 질 거라고 예상했죠. 시작할 때는 지지율이 21포인트 차이로 뒤졌습니다. 투표에서는 6포인트 차이로 졌지요. 이 정도면 류영경 씨가 진 거나 다름없지 않나요? 동영상만 아니었으면 차이가 더 좁혀졌겠지요.”

“다행이라 생각하십시오. 만약 후보님이 6포인트 앞서는 상황이었다면, 룸살롱 동영상이 아니라 이 방문을 잠그고 자위행위를 하는 동영상이라도 찾아냈을 거니까요.”

말이 너무 심했나 싶어 영경은 입을 닫고 유재성의 표정을 살폈다. 하지만 유재성은 웃어넘겼다. 그는 영경의 빈 잔에 위스키를 다시 채우고 나서 말했다.

“저는 다음 총선에 출마할 계획입니다.”

이번엔 영경이 바람 새는 소리를 내며 웃었다. 유재성은 아랑곳하지 않았다.

“처음부터 그걸 염두에 뒀어요. 정치적 발판으로 삼기에는 의원이 훨씬 낫지요. 유권자조차 이름을 기억하지 못하는 지자체장보다는.”

“지방선거에 떨어지고 나서 총선에 도전한다. 하! 그거 참 그럴듯하게 들리는 계획입니다.”

“처음부터 패배할 선거는 세상에 없다면서요?”

“패배하지 않을 겁니다. 아예 출마를 못 하실 테니까요. 총선은 정파성이 강하게 작용해서 무소속의 정치 신인이 돈을 뿌려 승리를 거둘 수 있는 판이 아닙니다. 정당에 들어간다

해도 후보님은 전략 공천을 받을 수 없습니다. 그렇다고 경선을 뚫을 만한 지원 조직을 갖지도 못하셨고요. 사용할 수 있는 네거티브에 한계가 있어서 당내 경선은 본선보다 뒤집기가 훨씬 어렵습니다."

"그래요. 그게 문제죠. 내 유일한 약점이 지역 정치인으로서의 낮은 지명도였고, 그걸 높이려고 이번 지방 선거에 무소속으로 출마했습니다. 거기까진 목표를 달성했어요. 하지만 말씀하신 것처럼 당내 경선은 평범한 방법으론 이겨낼 수가 없어요. 제 프로그램이 도울 수 있는 일도 아닙니다. 그게 류영경 씨를 보면서 제가 이번 선거에서 얻은 교훈이기도 하고요."

이거 엄청난 괴물이었구나. 전율이 온몸을 휘감았다. 영경은 마침내 유재성이 왜 자신과 만나고자 했는지를 이해했다.

"제가 경선을 뚫고 의사당에 들어가도록 도와볼 의향이 있습니까? 제 야망은 그게 끝이 아니니까, 고객으로 들이면 류영경 씨한테도 나쁘지 않을 겁니다."

영경은 침묵을 지키며 생각에 빠져들었다. 유재성이 덧붙였다.

"적으로 첫 만남을 시작했으니 부담스러울 수도 있겠지요. 거절해도 이해합니다."

"부담스럽지 않습니다. 저한테 패배한 정치인이 다음 고객으로 찾아온 게 이번이 처음은 아니거든요. 얼마를 요구해야 할지 주판을 돌려보던 중이었습니다. 교수님처럼 부유한 고객은 처음이라서요."

"얼마면 되겠습니까?"

"계약일로부터 2년간 매달 500만 원을 컨설팅 비용 명목으로 지급. 선거기간에는 별도로 보수 5천만 원. 그리고 보유하신 회사 주식 1천 주. 정치자금법을 우회할 지급 루트를 알아서 찾아주셔야 합니다. 그리고 성공보수로 5천만 원 더. 마지막으로 당선되면 의원실 5급 이상 보좌관으로 제 파트너 한 명을 임명하셔야 합니다."

"이런 맙소사, 류영경 씨는 보좌관 자리까지 거래하는 겁니까?"

"법이 너무 엄격해서 그대로는 크게 남기기가 어렵거든요. 저에게 입금하는 보수를 그만큼 할인받았다고 생각하십시오."

"보좌관은 생각해보겠습니다."

손아람

킹메이커

"동의하지 않으신다면 저는 빠집니다. 그리고 하나 더. 네거티브를 전적으로 허용해주셔야 해요. 제가 뿌렸던 동영상은 앞으로 어떤 선거에 출마하든 후보님을 쫓아다니며 괴롭힐 겁니다."

"언젠가 터질 거면 이번에 터진 게 나았는지도 몰라요. 류영경 씨가 제 약점을 찾아냈으니까, 제 약점을 어떻게 방어해야 할지도 알겠죠."

"이번에 잃어버린 여성 표는 지역의 유력한 여성 인사 몇 명을 공개 지지자로 섭외해서 회복할 수 있을 겁니다. 문제는 오히려 남성 유권자들입니다. 남성 유권자는 정치인이 고급 윤락업소에 출입했다는 사실을 절대로 잊지 않고 용서하지도 않아요. 질투심과 위화감을 느끼거든요. 박은지의 방법밖에는 없습니다. 문제가 될 때마다 상대의 더 큰 약점으로 덮어야 해요. 눈에는 눈으로, 이에는 이로 되갚는 사람이란 걸 깨닫는 순간 어떤 적도 감히 후보님의 동영상을 거론하지 않게 될 겁니다. 박은지한테 한 것처럼 저한테도 또 착한 척하시려면 다른 사람 알아보세요. 지는 선거에는 절대로 끼기 싫습니다. 무패 경력에 금이 가거든요."

"이번 선거 최고의 수확은."

유재성은 잔을 들어 건배를 청하며 처음으로 반말과 함께 문장을 끝냈다.

"자네를 만난 거야."

영경은 두 손으로 공손하게 잔을 들어 쨍강 부딪힌 뒤, 고개를 한쪽으로 꺾고 위스키를 입안에 털어 넣었다.

84

손아람

징베이커

손아람

1980년에 태어났다. 서울대학교 미학과를 졸업했다.
2010년 《소수의견》을 냈다. 2014년 《디 마이너스》
를 냈다. 종(種)으로서의 인간에 대해 쓴다.

+

Q. 당신이 생각하는 몬스터는 어떤 모습인가요?

세상에서 가장 유명한 괴물 이야기에는 세 가지 비밀
이 있습니다.

첫째, 괴물의 이름과 형체는 잘 알려져 있지 않습
니다.

둘째, 괴물을 만든 사람의 이름은 '프랑켄슈타인'
입니다.

셋째, 사람들은 그걸 알면서도 끝끝내 괴물을 '프
랑켄슈타인'이라 부릅니다.

덕분에 괴물은 명성을 얻었고, 괴물을 만들어낸 이는
깨끗하게 잊혔습니다. 우리의 정치적 무의식 역시 대
체로 그런 식으로 작동하는 게 아닐까요?

이혁진   달지도
                쓰지도
        않게

✝

형식은 아내와 각별히 사이가 좋았다. 결혼한 지 10년, 아이가
둘이었지만 두 사람은 아이들을 재우고 나면 한두 시간씩은 꼭
회사와 집에서 있었던 일을 시시콜콜한 것까지 모두 이야기했
다. 일주일에 두세 번은 맥주 한 캔씩을 맛있게 마신 다음 침대
로 갔고 평소에도 아이들만 없다면 입을 맞추거나 옷 속으로
손을 넣을 때 스스럼이 없었다. 가족끼리 그러는 거 아니라면
서 친구들이 결혼 생활의 불감증, 권태로움에 관해 토로할 때

도 형식은 그래도 난 우리 마누라 엉덩이 좀 만지고 사는데, 하며 낄낄거렸다.

두 사람의 모습은 퍽 이상적이었지만 과정이 그랬던 것은 아니었다. 여느 부부들과 다름없이 무수한 싸움과 여러 번의 고비 끝에 가까스로 다다른 지점이었고 형식 역시 그 점을 잘 알고 있었다. 형식은 친구들끼리 모인 자리에서도 항상 노력한다고 말했다. 양보했다거나, 체념했다고 말하지 않았다. 강박에 가까울 만큼 결혼 생활에 대해, 자신은 노력한다고 말했다. 겪어온 과정을 진술하는 말이기도 했고 그만큼 위태로움을 의식하는 말이기도 했다. 현실의 행복과 평온이란 두께가 아주 얇은 유리잔 같다. 아름다워 보이지만 파삭, 부서지기 쉬웠다.

장인의 전화를 받은 날, 형식은 공교롭게도 2주 가까이 기다린 은행 대출 담당자의 전화를 먼저 받았다. 새해 들어 바뀐 대출 기준을 소급 적용하지 않고 신청 시 기준대로 대출을 진행하겠다는 내용이었다. 통화를 끝낸 형식은 회사 휴게실 의자에 몸을 축 늘어뜨렸다. 안도의 한숨이 흘러나왔다. 소급 적용이 됐다면 당장 3천만 원을 추가로 조달해야 했는데 없던 일이 된 것이었다. 이제 아내는 한숨을 푹푹 내쉬지 않아도 됐고 자신 역시 마음 졸이는 아내를 못 본 척하며 회사 생활 12년 만에 서울도 아닌 용인에, 그것도 마을버스 종점에 있는 아파트를 사서 들어가는 게 이렇게 힘들 일인가, 하며 잠자리에서 뒤척이지 않아도 됐다. 무엇보다 다행스러운 것은 며칠 전 들어온 2년 치 성과급 2천만 원이 고스란히 굳는다는 사실이었다.

사무실로 돌아온 형식은 아내에게 문자메시지라도 보내놓을까, 하다가 그만됐다. 직접 말해주고 싶었다. 결국 이렇게 될 거라 말하지 않았냐고, 좀 거들먹거리기도 하면서. 아내가 보나 마나 눈꼴시게 쳐다볼 테지만 그 미운 얼굴도 좋을 것 같았다. 아니, 좀 보고 싶다고 할 만큼 장난스러운 기분마저 들었다. 형식은 씩 웃었다.

마음이 떠 일이 손에 잡히지 않았다. 형식은 인터넷 사이트를 돌아다니며 2천만 원으로 뭘 해야 할지 생각했다. 가전제품을 한 등급씩 올려 더 좋은 걸로 사자고 하고 싶기도 했다. 앞으로 계속 살 집이니 가구를 더 좋은 걸로 바꾸고 싶기도 했다. 아내에게 명품 가방 하나쯤 사 주고 싶기도, 총각 때 샀던 컴퓨터를

새것으로 바꾸고 싶기도 했다. 아니, 그래 봤자 얼마나 한다고. 2천만 원이면 다 해도 남을 돈이었다. 차라리 차를 바꾸자고 할까? 아내도 선뜻 동의할 것 같았다. 카시트 두 개 놓기 비좁다며 툭하면 군소리하던 사람이 아내였으니까.

장인의 전화는 일을 하는 둥 마는 둥 업무 시간을 보내다 슬슬 퇴근 준비를 하려고 할 때 왔다. 들뜬 마음에 형식은 별생각 없이 전화를 받았다.

"응, 날세. 다들 잘 지내지? 사돈께서도 안녕하시고?"

장인은 평소와 다름없는 카랑카랑한 목소리였다.

"네, 아버님. 다 잘 지냅니다. 서연이 서준이도 건강하고요."

형식은 자리에서 일어나 사무실 밖으로 갔다.

"아버님도 편안하시죠?"

장인은 호탕하게 웃었다.

"나야 타고난 강골 아닌가. 자네 장모야 맨날 허리 때문에 골골대지만."

사실 장인은 왜소하다고 할 만큼 작고 깡마른 체형이었다. 5년 전 중소기업 부사장으로 정년퇴직을 하고 난 뒤로 벌이는 사업마다 변변히 시작도 못 해보고 말아먹었지만 좋게 말해 자신감이랄지, 기백이랄지 그런 것은 여전했다. 훈계하는 말을 늘어놓는 버릇도 마찬가지였다.

"회사 생활은 잘하고 있나? 뭐든 있을 때 잘해야 하네. 남의 돈 받는 거, 쉽게 보면 안 되는 거야. 나처럼 야전에 나와 있으면 말도 못해. 사시사철 폭풍우가 몰아친단 말일세. 아무리 굵은 나무도 한 번 삐끗하면 쑹텅쑹텅 뽑혀 나간단 말야. 무슨 말인지 알겠나?"

"네네, 잘 알고 있죠. 아버님."

건성으로 대답했지만 목소리는 나긋나긋했다. 오늘만큼은 장인이 아무리 장황하게 훈계를 늘어놓더라도 들어줄 수 있을 것 같았다.

"그래도 말일세,"

장인의 목소리가 갑작스럽게 느긋해졌다.

"이렇게 버티고 버티면 결국 폭풍우 뒤의 서광처럼 한 줄기 빛이 기어이 내려오는 법이지. 사람에게는 다 기회라는 것이 온

이외진

만지도 쓰지도 않게

단 말일세.”

“네, 아버님. 그럼요, 그렇죠.”

싹싹하게 대답했지만, 형식의 얼굴에는 설핏 불안이 잡혔다.

장인은 본론을 꺼냈다. 금액은 5천만 원. 구내식당 사업 운영권이었다.

“이런 게 바로 천재일우의 기회네. 남들은 잡고 싶어도 못 잡는 기회라 이걸세. 지금 투자하면 1년 만 지나도 20프로 아니 50프로 더해서 돌려받을 수 있다니까. 요즘 세상에 이런 기회가 어딨나. 어지간하면 사실 누구한테 알려주기도 아깝지만 자네니까 내가 알려주는 걸세. 내 사위고 손주들 애비니까.”

“말씀은 너무 감사합니다만 아버님, 아시다시피 저희가 곧 이사를 가기로 해서요. 지금 여윳돈이 전혀 없습니다.”

형식은 ‘전혀’라는 말에 힘을 실었다. 이런 말에 넘어가 그간 장인에게 박아 넣은 돈만 이미 수천만 원이었다. 그 돈이 지금까지 살아 있었으면 숲세권이 아니라 역세권 아파트를 사서 들어갈 수도 있었다. 새삼 부아가 치밀었지만 형식은 점잖게 말했다.

"말씀 너무 감사하고 저도 아쉽지만 어쩔 수 없을 것 같습니다."

"어허, 그렇게 쉽게 말할 게 아니라니까. 오히려 이사도 하고 이제 애들 크면서 돈 들어갈 일이 점점 늘어나는데 이런 기회가 있으면 잡아야지. 어디 융통을 해서라도 붙들어야 하는 기획세, 기회. 생각해보게, 은행 이자 쳐주고도 한참 남는 장사잖은가?"

"저도 정말 그러고 싶은데요, 지금은 그만한 돈이 없습니다. 아시다시피 이사가 한두 푼 드는 일도 아니고 뭣보다 대출금도 연초부터 대출 기준이 바뀌었다고 해서요, 저희도 지금 돈을 융통해 은행에 넣어야 할 형편입니다, 아버님. 아무래도 이번에는 도저히 어려울 것 같네요."

양심이 따끔거렸지만 어쩔 수 없었다.

"투자란 다 때가 있는 법일세. 눈 딱 감고 하면 몇백만 원 아니 50프로면 천만 원 가까운 돈이 1년 안에 원금이랑 돌아온다는 건데 아깝지 않나? 그게 작은 돈인가?"

"아버님, 누차 말씀드렸듯이 지금 저희도 당장 목돈이 필요한 형편이라서 여력이 없습니다. 솔직히 말씀드리자면 별로 관심 가지도 않고요."

형식은 지난번 빌딩 카페 사업권을 따 준다는 명목으로 장인이 가져간 돈 이야기를 꺼내려다 관뒀다.

"죄송하지만 이제 들어가봐야 해서 이만 통화를 줄여야 할 것 같습니다. 네네, 다시 연락드릴게요."

"기다리게."

장인은 잠시 사이를 뒀다.

"이런 말까지는 내 안 하려고 했지만, 사실 내일 당장 5천만 원이 필요하네."

장인의 목소리가 단호하고 급해졌다.

"오늘 알 만한 사람한테서 정보가 들어왔네. 같이 입찰하는 데서 우리보다 입찰금을 5천 더 올려 낼 거라는군. 우리는 벌써 짜낼 만큼 짜내서 깻묵도 못 되는 처지고. 어쨌든 5천이 필요하네. 딱 5천이면 되네."

"장인어른! 5천이 어디 애 이름이 아니잖습니까."

"애 이름이든 말든 상관없네. 난 5천만 원이 필요하네."

"죄송합니다, 장인어른. 이번엔 저도 수가 도무지 안 날 것 같습니다. 죄송합니다."

"말로 그럴 게 아니라 뭐라도 해보게. 자네야 돈 많고 좋은 회사 다니는 친구들도 많잖은가!"

"아무리 친구들이 있다고 해도, 제가 내일 당장 그 큰돈을 어떻게 구합니까, 장인어른. 말씀이 되는 말씀을 좀, 아니 아무튼 죄송합니다. 저도 도와드리고 싶지만 안 될 것 같습니다. 다시 한번 죄송합니다, 장인어른."

"만들게. 무슨 수를 써서라도 만들어줘야 하네. 아니면 나도 이번엔 어떻게 장담할 수 없네. 정말 다 걸었단 말일세. 내 돈, 신용, 전부 다 이 기회에 걸었다고. 이게 안 되면 쑹텅 뽑혀나가는 거야, 나도."

장인의 카랑카랑한 목소리에 무게가 실렸다.

"잘돼야 하네. 남의 돈 훔치는 거만 아니면 무슨 수를 써서라도 잘돼야 하는 건이란 말일세. 나 혼자 잘되자는 게 아니야. 그게 돼야 자네 장모, 처, 처남들까지 다 잘되는 거란 말일세. 자네가 5천만 원만 해주면 모두 행복해진다는 말일세."

"그게, 아니 그게 도대체, 무슨 말씀이십니까?"

"자네 수완에 우리 모두의 행복이 달려 있고 그만큼 내가 자넬 믿는단 말일세. 이만하지. 내일 은행 마감 전까지 5천만 원만 송금하게. 더도 덜도 말고 딱 5천이면 되네."

"장인어른!"

"나도 이렇게밖에 말할 수 없어 유감이네. 이번 한 번만 눈 딱 감고 해주게. 자네만 믿겠네."

장인은 그대로 전화를 끊었다.

평소라면 한숨 자거나 영어 강의를 들었을 퇴근 버스에서 형식은 눈을 감고 있지도 이어폰을 가만히 꽂고 있지도 못했다. 분과 짜증이 쥐새끼들처럼 솟구쳐 날뛰었다. 말이 안 됐다. 오늘 전화해서 당장 내일까지 5천만 원을 만들어 내놓으라니, 일은 자기가 다 벌여놓고 수습은 엉뚱한 데다 떠넘기다니! 하지만 간단히 무시하고 넘길 수도 없었다. 장인의 집은 지금 사는 집에서 걸어서 10분 거리, 바로 한 단지 옆이었다. 아이들 봐주는 것부터 이래저래 수시로 맞닥뜨리고 있었다. 형식 자신의 수완에 장모, 처남, 아내의 행복이 다 달려 있다는 말이 아무리 터

무늬없어도 생활은 결국 그렇게 될 수밖에 없었다. 그 말대로 장인이 쑹텅 뽑혀나가면 장모와 처남이, 이어 아내가 차례로 자신에게 등을 돌릴 터였다. 장인 역시 그것을 모를 리 없었다. 그래서 이전과 달리 직접 보고 말하지 않고 일부러 전화로 말했을 터였다.

아내를 설득하는 것이 유일한 방법이었다. 부당한 것 아니냐고, 게다가 이미 들어간 돈도 한두 푼이 아니고 당장 우리 역시 돈 들어갈 데가 이만저만하지 않냐고. 하지만 형식은 곧바로 한숨을 내쉬었다. 아내는 자신과 달랐다. 정에 약했고 가족이라면 대충하는 듯하면서도 실은 끔찍이 아꼈다. 가까이 살면서 가장 직접적으로 도움을 받는 사람도 아내였다. 더군다나 돈이 아예 없지도 않았다. 은행에서 생돈처럼 뜯어갈 듯 굴다가 놔준 2천만 원이 있었다.

버스에서 내려 형식은 터벅터벅 아파트로 걸어갔다. 엘리베이터 문 앞까지 갔지만 다시 돌아 나왔다. 놀이터를 빙빙 몇 바퀴인지도 모르고 돌았다. 핸드폰이 주머니 속에서 진동했다. 아내었다.

"어디야? 늦으면 늦는다고 말하랬지?"

현관문을 열자 눅눅한 피로와 익숙한 책망이 뒤엉킨 얼굴로 아내가 보고 있었다. 형식은 달려 나온 아이들을 차례로 안아주며 시선을 피했다.

"저녁은?"

아내가 냉랭하게 물었다.

"생각 없어."

형식은 서준이를 내려놨다.

"야근한 거야?"

"아니, 그런 건 아니고."

형식은 더 안아달라며 팔을 내뻗는 서연이를 달랬다.

"씻고 옷 갈아입고 나와서 아빠가 우리 딸내미 안아줄게. 내려 달라고 떼쓸 때까지 안아줄거야, 알았지? 서준아, 가자. 아빠랑 씻으러."

"당신이나 씻어. 애들 다 씻겼어."

"어, 그래?"

형식은 잠시 머뭇거리다 안방으로 들어갔다. 아내가 뒤따라 들어왔다.

"은행에서 연락 온 거야? 안 된대?"

형식은 한숨을 내쉬었다.

"얼마래? 정확히 얼마나 더 넣어야 한대?"

"괜찮대. 우리는 적용 대상 아닌 걸로 결정 났대. 원래대로 하면 된다고."

반색과 안도는 잠깐, 아내의 눈빛이 뾰족해졌다.

"언제 알았는데? 왜 미리 말을 안 해?"

"연락이 늦게 왔어, 늦게. 일 때문에 많이 바빴네."

형식은 맥없이 옷을 벗었다. 아내가 형식의 옷을 받아줬다.

"내가 얼마나 맘 졸였는지 몰라서 그러지, 몰라서. 얘기 들었으면 따박따박 전달부터 해얄 거 아냐?"

말은 그렇게 했지만 표정은 이미 누그러져 있었다.

형식은 아내를 잠시 바라봤다. 장인에게서 전화가 왔다는 말을 해야 했다. 하지만 하고 나면 꼼짝없이 돈을 보낼 수밖에 없을 터였다. 마음이 정해지지 않았고 아직은 그런 채로 내버려두고 싫었다. 겨우 한시름 내려놓은 아내에게 다시 시름을 지울 수도 없는 노릇이었다.

"왜?"

아내가 물었다.

"아냐. 씻으러 가야겠다."

형식은 갈아입을 옷을 챙겨 들었다.

씻고 거실에 나와 앉자 서연이가 기다렸다는 듯 안겼다. 머리를 여기저기 헤집으며 흰 머리칼을 뽑아주겠다고 난리쳤다. 서준이도 질세라 달려들었다. 뭐가 짜증이 났는지 자꾸 볼을 꼬집고 침을 잔뜩 묻혀가며 팔뚝을 물어댔다. 형식은 늘 그러듯 다정하게 타일렀다.

"응, 아빠 머리 없어서 뽑으면 더 대머리 돼. 응, 그러면 아파, 아빠도 물리면 아파."

시름이 없어진 아내는 갑자기 냉장고 정리를 하겠다며 주방에 가더니 난장판을 만드는 중이었다. 이건 왜 여기 있냐거나 이걸 아직도 안 먹어 없앴냐며 혼잣말 같은 잔소리를 했다. 형식은 텔레비전에 눈을 두고 있었다.

함께 양을 세면서 두 아이를 모두 재운 뒤 형식은 안방에 들어왔다. 아내는 곯아떨어져 있었다. 형식은 가만히 침대 안으로 들어가 누웠다. 협탁 등을 끄고 천장을 바라봤다. 천장을 보고 있는지 컴컴한 공기를 보는 것인지 알 수 없었다. 내일은 어떻게 해야 하나. 정말 해주고 싶지 않았다. 무시하고 싶었다. 누구라도 그럴 터였고 자신 역시 이미 형과 인연을 끊고 사는 중이었다. 아내와 결혼할 때 엄마에게도 서슴없이 말했다. 아내한테 자꾸 말도 안 되는 걸로 트집 잡을 거면 아들 그만 볼 생각하라고. 그런 말이 쉬웠다고 할 수야 없지만 그렇게 어렵지도 않았다.

‡

아버지는 고등학교 때 돌아가셨다. 근근이 버티던 형편이 그야말로 주저앉았다. 형식은 새벽에 일어나 신문에 우유까지 돌린 뒤 학교에 갔고, 수업이 끝나면 곧장 편의점으로 가 자정까지 일했다. 일주일 내내 집집마다 자전거를 끌고 화장품을 팔

이혁진　말치도 쓰지도 않게　105

던 엄마는 주말에도 식당에 나가 생활비를 벌었다. 형은 다니던 대학교를 그만두고 용산으로 가 이른바 용팔이가 됐다. 냉장고에서 꺼낸 차가운 반찬으로 혼자 먹는 밥, 집 안에 고인 선득하고 적막한 공기, 바닥에 뿌려진 압정처럼 서로 누가 밟기만을 벼르는 짜증과 화, 언성이 높아지면 어김없이 나오는 너 때문에, 너희들 때문에 같은 소리. 가정생활에서도 정이나 감정적 선 같은 것이 없었다. 아내와 수없이 싸우고 여기서 딱 한마디만 더하면 끝이겠구나 싶은 고비에 맞닥뜨려야 했던 것은 헤집어보자면 모두 같은 이유였다. 아내에게는 당연한 이해와 배려가 자신에게는 결여돼 있었고 자신이 나름대로 한 이해와 배려는 아내에게 너무 미약하거나 아무 의미가 없었다. 불가피한 충돌이었고 결코 메워지지 않을 것 같은 간극이었다. 하지만 고비마다 기어이 다시 돌아오기로 마음먹게 하는 것도 아내에게 변함없이 애정을 느끼는 것도 그 간극이었다. 별 탈 없이 무난한 집에서 잘 자란 사람만이 가질 수 있을 것 같은, 넉넉하고 따사로운 정과 자신은 사랑받아 마땅한 사람이라는 당당함. 지금까지 처가 일이라면 두말없이 나선 것도, 장인이 벌인 사업에 적잖은 돈을 박아 넣은 것도 결국 그런 애정, 그것에 대한 선망 때문이었다. 뻔한 월급쟁이 생활에서 벗어나고 싶은 욕심, 중소기업이라지만 부사장까지 하고 나온 장인이라 그 제안들이 더 솔깃했던 이유도 있었지만, 그 어느 것보다 자신 역시 아내가 나고 자라온 그 가족의 일원이 되고 싶었다. 그런 아내와 원만히 집 같은 집, 가정다운 가정을 꾸려가고 싶었다. 당연하고 풍족한 관심과 애정을 아이들이 자신처럼 낯설고 신기한 눈으로 올려다보게 하고 싶지 않았다.

답은 정해져 있었다. 장인에게 이체를 해주고 지금까지 해온 것처럼 밤마다 아내와 미주알고주알 수다를 떨고 이틀에 한 번씩 함께 맥주를 마시기도 하면서 살면 되는 일. 하지만 다시 한번, 그러고 싶지 않았다. 이것보다 더 큰돈도 별말 없이 박아 넣었지만 어쩐지 이번만큼은 마음이 그렇게 되지가 않았다. 막막하기만 했다. 제법 잘 걸어왔다고 생각했는데 뭍길이 아니라 물길을, 걸어온 것이 아니라 떠내려온 것 같았다. 지나온 길도 가야 할 길도 보이지 않는 바다 한가운데에 떠서, 무심하고 무

이희진

닫지도 쓰지도 않게

105

정하게 출렁이는 퍼런 바닷물을 보고 있는 기분이었다.

출근 버스에서 형식은 핸드폰으로 카드 현금서비스 한도를 확인했다. 마이너스 통장 이자율도 확인했다. 점심시간에 회사 밖으로 나와 마이너스 통장과 현금서비스로 돈을 만들었다. 최종적으로 계좌에 찍힌 금액은 5천 하고도 수십만 원. 이체하시겠습니까? 마지막 확인이 떴다. 이 돈으로 별별 공상을 했던 어제 오후가 떠올랐다. 고작 어제라니. 형식은 송금했다. 어쩔 수 없지 않나. 잘 살아야 하니까, 지금까지 해온 것처럼. 핸드폰에 이체 금액이 떴다. 형식은 점심을 거른 채 회사 건물 앞 의자에서 볕을 쬐었다. 동료들이 지나가면 아무 일 없었다는 듯 손을 들어 씩 웃어주며 인사했다.

장인은 오후 업무 시간 중에 전화했다. 잘 받았다는 말 대신 확인했다고 말했고, 고맙다는 말 대신 수고했다고 말했다. 어떻게 그 돈을 구했는지 묻지도 않은 채 기다리라고, 하늘이 여든여덟 쪽이 나도 이번엔 틀림없으니까 마음 푹 놓으라는 말만 했다. 그대로 통화가 끝나려고 할 때 형식은 목소리를 가다듬었다.

"장인어른, 혹시 다음에 또 일이 생기시거든 적어도 일주일 정도 말미는 두고 말씀해주세요. 이번엔 마침 운이 좋아 해결이 됐지만 다음에는 저도 정말 자신이 없습니다. 무엇보다 이렇게 하시면 장모님, 처남, 집사람까지 힘들어지는 게 다 제 탓이 되잖습니까."

"그래서 내 면목 없다 말하지 않았나."

하지만 면목이 없는 어조는 아니었다.

"이번 일만 되면 다음부턴 이런 일도 없을 걸세."

형식은 일찍 퇴근했다. 편의점에 들러 맥주 두 캔을 샀다. 옛날 식으로 통닭을 튀겨 파는 곳에서 아내가 좋아하는 닭똥집 튀김도 샀다. 주인이 동네 단골이라며 한 움큼 더 담아 주는 것을 고맙다 인사하고 받아 들었다. 돈을 보냈다 말하고, 아내에게 잘 했고 고맙다는 말 한 마디 들으며 다 흘려보내버리고 싶었다. 하지만 걸음이 자꾸 처졌다. 터벅터벅 간신히 걷다가 형식은 아파트 앞에 멈춰 섰다. 고개를 들었다. 불 켜진 집이 남의 것처럼 보였다.

현관문을 열자 거실에 앉은 아내의 얼굴이 보였다. 헝클어진 머리에 목이 늘어난 티셔츠와 펑퍼짐한 바지. 익숙하고 편하기도, 어떤 날은 괜히 애처롭고 안쓰럽기도 하던 아내의 모습이었지만 형식은 보기 싫었다. 정말 아내가, 쳐다보기조차 싫었다. 형식은 왔냐며 맞아주는 아내를 보지 않은 채 비닐봉지를 내밀었다.

"어떻게 알고 이걸 사 왔대? 안 그래도 사 오라고 전화할까 하던 참이었는데."

아내는 형식을 보며 싱긋 웃었다. 그 웃음이 더 보기 싫었다. 형식은 캔 맥주 비닐봉지를 식탁에 대충 놓고 방으로 들어갔다. 아내가 왜 보기 싫을까, 지금까지 해온 것처럼 살아보자고 돈까지 보낸 이 상황에? 모르고 싶었지만 모르지 않았다. 이번에 보낸 돈은 이전에 건넨 돈들과 달랐다. 장인의 사업에 아무 기대가 없었다. 까짓 다시 벌면 그만이지, 호기롭게 생각할 만큼 더는 팔팔하지도 않았다. 태어나 처음으로 산 집을 꾸미는 데 들어가야 했던 돈이었다. 하지만 무엇보다 터무니없는 소리에

뜯긴 생돈이었고 그렇게 뜯길 수밖에 없는 것은 아내와 집 같은 집, 가정다운 가정을 꾸려보고 싶다는, 소망이라면 소망이고 열등감이라면 열등감인 바로 그것 때문이었다. 지금껏 아내와 처가에 해온 모든 노력과 성의가 모조리 허사가 됐을 뿐 아니라 모욕당했기 때문이었다.

아내는 닭똥집 튀김을 아주 맛있게 먹었다. 가게에서 준 소스에 다진 마늘과 청양고추까지 더해 듬뿍 찍어가며. 맥주까지 곁들여 얼굴이 발그레했다. 어쩌다 형식과 눈이 마주치면 싱긋 웃었다. 형식은 아이들만 챙겨 먹였다. 대충 다 먹은 기미가 보이자 일어나 뒷정리를 시작했다.

닭똥집 튀김 때문인지 두 사람만의 신호인 캔 맥주 때문인지 아내가 먼저 나서서 아이들을 재우겠다고 말했다. 형식은 안방으로 들어가 누웠다. 아내가 들어오는 소리를 들었지만 자는 척했다. 돈을 보냈다고 이야기하고 싶은 마음조차 나지 않았다. 아내는 별 기색 없이 자리에 누웠다. 이내 옅게 코를 골며 잠들었다. 형식은 암막 커튼 사이로 가느다랗게 드러난 퍼르스름한 유리창을 바라봤다.

✝

다음 날 회사에서 점심을 먹고 있을 때 아내에게서 문자메시지가 왔다.

[저녁에 창동으로 퇴근해. 엄마가 양념게장 했다고 가져가라셔.]

창동은 친가였다. 형식은 그러겠다고 답했다.

[왜 그래?]

세상 모든 아내가 그렇듯, 아내는 촉이 좋았다. 하지만 답을 뭐라고 써야 할지 형식은 알 수 없었다. 점심 먹으면서 일 얘기 하는 중이라고 얼버무려 대화를 마무리 지었다.

창동집은 지하철역에서 20분쯤 걸어가면 나오는, 낡은 연립주택 3층이었다. 복도의 익숙한 동굴 냄새를 맡으며 형식은 계단을 걸어 올라갔다. 현관문을 열고 들어서자 엄마가 반기며 나왔다.

"많이 늦었네. 애들도 자니까, 오늘은 자고 가. 응?"

문을 열자마자 그 소리부터였다. 손주들은 핑계고 그저 아들이 하루 자고 갔으면 하는 엄마의 말. 형식은 가방을 내려놓으며 안방을 봤다. 아내는 담요를 둘둘 감고 드라마를 보고 있었다. 옆에는 귤이 담긴 바구니와 귤껍질 몇 개가 널브러져 있었다.

"왔어?"

형식이 방으로 들어서자 아내는 고개를 다 돌리지도 않고 한마디 했다.

따라 들어온 엄마가 조바심이라도 난다는 듯 말했다.

"출출하지? 뭐 좀 줄까? 낮에 잡채 했는데, 사골 육수도 있고. 떡국 한 그릇 할래? 아니면 김치부침개 해 줄까?"

"김치부침개 좋다, 엄마!"

아내는 그제야 고개를 돌렸다.

"그럴까, 그럼? 묵은지 총총 썰어서 바삭하게 부쳐 먹을까?"

"됐어, 뒤. 이 시간에 뭘 귀찮게."

"냉장고에 오징어랑 홍합도 있던데, 그거 넣고 해 먹자, 엄마."

아내는 퉁명스러운 형식을 쳐다봤다.

"선 김에 가서 막걸리 좀 사 와."

"됐다니까. 이 시간에 뭘 먹는다고 그래? 생각 없어."

"생각 있는데, 난?"

아내가 눈을 동그랗게 뜨고 형식을 쳐다봤다. 형식도 곱지 않은 눈으로 아내를 맞받아 봤다. 아슬아슬한 침묵이 이어졌다.

"애들이 왜 이래, 뭐 별거라고. 그래 늦었으니까 그럼 딴 거 먹자. 과일이나, 아니면 홍시 얼려놓은 거 있는데 그거 먹을까? 에미 너 아까 애들 먹이느라 제대로 먹지도 못했잖아."

"토마토 화채 해 먹자, 엄마. 설탕 팍팍 뿌려서."

아내가 텔레비전으로 고개를 돌리며 말했다.

"먹고 싶으면 네가 해 먹어!"

엄마가 놀란 얼굴로 형식을 쳐다봤다.

"여기가 너네 집이야? 엄연히 시가고 시어머니 앞이야. 엄마 매일 일하다 모처럼 쉬는 날인 거 몰라? 얻다 대고 부려먹으려 들어, 그것도 이 시간에!"

아내는 기가 찬다는 듯 쳐다봤다.

"토마토고 김치부침개고 네가 하라고, 네가. 네가 해서 우리 엄마 갖다 드리라고!"

아내가 발딱 일어나 몸을 돌려 앉았다.

112

"취했어?"

"아니? 하나도 안 취했는데? 완전 말짱한데? 네가 취한 거 아 냐? 벌써 막걸리 몇 사발 했어? 알딸딸해서 여기가 어딘지도 못 알아보겠어?"

아내가 앞니를 드러내며 입술을 깨물었다. 이불 감은 발로 형 식을 차기 시작했다.

"나가, 나가!"

"뭐 하는 짓이야?"

"나가라고. 당장, 빨랑 나가. 나가라고!"

아내가 소리를 질러댔다.

엄마는 거실에 이부자리를 펴줬다.

"회사에서 뭔 일이 있었는지 모르겠다만, 아무리 그래도 집에 와서 무턱대고 그러는 거 아니다."

형식은 뻐근하게 한숨을 내쉬었다.

엄마는 몇 마디 더 하려다 모른 척하기로 한 듯 고개를 돌렸다.

"자. 얼른 자고 맑은 정신으로 내일 네 처랑 다시 얘기해."

엄마가 방으로 들어갔다. 거실에 혼자 누운 형식은 다시 한번 한숨을 내쉬었다. 면전에서 대놓고 마음에 안 찬다는 듯 냉랭하게 구는 엄마에게 먼저 애교와 응석으로 비집고 들어간 사람은 아내였다. 명절이랍시고 집에 온 형이 아내에게 생트집을 잡자 당장 내쫓고 다시는 연락하지 않았을 만큼, 아내에게 늘 고마워하는 것이고 그 점 하나만으로도 결혼 잘했다고 자랑스러워했다. 평소였다면 자신이 먼저 막걸리도 한잔 곁들이자며 사러 나갔을지 몰랐다. 모두 5천만 원, 고작 그 5천만 원 때문이었다. 차라리 도둑맞았다면 나았을 그 망할 5천만 원.

다음 날 형식은 알람 없이 잠에서 깼다. 씻지도 않고 소파에 있던, 전날 입은 옷에 몸을 꿰었다. 가방을 들고 나서려 할 때 안방 문이 열렸다. 엄마였다. 아침 차려줄 테니 먹고 나가라는 것을 형식은 일 핑계로 기어이 마다하고 현관문을 열었다. 어둑한 새벽 공기가 시렸다.

점심시간이 채 되기도 전에 아내에게서 문자메시지가 날아왔다.

[일찍 들어와라.]

형식은 대꾸하지 않았다. 어제 일 때문이겠지. 왜 갑자기 엄마 앞에서 효자 코스프레 하냐고 난리 칠 모습이 보였다. 형식은 정시 퇴근해 버스를 탔다. 자신도 해야 할 이야기가 있었다.

아내는 거실 바닥에 빙하처럼 앉아 있었다. 형식은 가방을 내려놓고 들어갔다. 앞에 섰지만 아내가 일어설 기미가 없어 어쩔 수 없이 자리에 앉았다.

"애들은?"

"아빠한테 돈 줬다는 거 왜 말 안 했어?"

아내는 형식을 보지 않고 말했다. 형식은 놀랐지만 당황하지는 않았다.

"그렇게 됐네."

"그게 말이야? 그 돈이 그렇게 할 돈이야?"

형식은 대꾸 없이 짧은 한숨을 내쉬었다. 인중이 화끈거렸다.

"어떻게 그 돈을, 그만한 돈을 나랑 상의도 없이 보낼 수 있어? 어떻게, 도대체 어떻게!"

"말했으면!"

형식의 목소리도 치솟았다.

"내가 먼저 말했으면 어떻게 했을 건데? 보내지 말라고 했을 거야? 안 보내도 된다고, 차라리 인연이라도 끊겠다고 말했을 거냐고?"

아내는 어떻게 그런 말을 하냐는 듯 쳐다봤고 그것이 형식을 더 자극했다.

"전날 전화해서 다음 날까지 5천만 원 보내라고 하시더라. 내일 당장 안 보내면 장모님부터 처남, 너까지 다 나 때문에 불행해진다고, 그게 전부 다 내 탓이라고! 내가 뭘 잘못했는데? 하라는 대로 하고 다 했는데, 왜? 내가 뭘 어쨌다고!"

씩씩거리는 형식이 비치는 아내의 눈동자에 분노와 쓰라림이 뒤섞였다. 붉어진 눈에 눈물이 차올랐지만 아내는 손으로 감추며 고개를 돌렸다. 아내가 말했다.

"아빠 지금 누워 있어. 아무것도 안 먹고 계속 누워만 있는대. 그 돈 사기 맞았다나 봐. 엄마 몰래 외가 쪽에 빌린 돈, 집 담보로 받은 대출까지 모조리."

‡

상황은 간단했다. 동업자는 입찰에 붙는 것은 따놓았으니 다음 날 한 번에 이체시킬 수 있게 자신의 계좌로 돈을 넣어놓으라고 말했다. 며칠 동안 발만 동동 구르다 해결했다는 생각에 안도한 장인은 아무 생각 없이 그 돈을 이체시켰다. 동업자는 곧바로 잠적했고 장인은 그것도 모른 채 입찰장에 나갔다. 낙찰 업체 발표가 있고도 자리에서 일어나지 못했고 그 길로 집에 돌아와 자리를 깔고 누웠다.

형식은 이혼을 생각했다. 다른 수가 없었다. 차라리 도둑맞은 것이었으면 싶던 그 망할 3천만 원이 어처구니없이 날아간 것은 이제 일도 아니었다. 처가는 빚투성이가 됐고 처남은 공시생이니 얼마가 되든 그 부담은 고스란히 이 집으로, 다름 아닌 자신에게 넘어올 터였다. 깜깜했다. 돌아버릴 것 같았다.

회사에서 돌아오면 형식은 옷과 선풍기 따위로 채워진 작은 방에 처박혔다. 잠도 그 방에서 잤다. 아이들이 보채면 어쩔 수 없이 나갔지만 이내 별것 아닌 장난에도 버럭 화를 내고 사소한 투정에도 언성을 높여 훈육해 아이들을 울렸다. 그러면 다시 방으로 들어와 처박혔다. 두 아이 모두 사흘도 안 돼 형식을 찾지 않았다. 눈치를 봤고 슬금슬금 피했다. 아내와는 말 한마디 섞지 않았다. 아이들 문제나 이사 때문에 아내가 어쩔 수 없이 말을 붙여와도 무시했다. 못 들은 척하는 것조차 아닌, 무시였다.

"정말 이럴 거야?"

일주일이 지났을 때 아내가 방으로 들어와 말했다. 형식은 대답하지 않았다. 감히 그렇게 물을 수나 있냐는 듯 아내를 노려봤다.

"이럴 거냐고?"

아내의 눈에 절망이 비쳤다.

"어쩌자는 건데? 이래서 어떻게 하자는 건데?"

형식은 입술을 말아 물었다. 끝내자는 말이 목 끝까지 치밀었다.

"당신 지금 어떤지 알아? 괴물 같아. 사람 말려 죽이려는 괴물 같다고! 정말 왜 이래, 서연이 아빠!"

형식의 눈빛이 돌변했다. 형식은 벌떡 일어나 커버 씌운 선풍기를 들고 창문에 후려쳤다. 세 번 만에 창문이 박살 났고 선풍기는 목이 부러져 다용도실에서 나뒹굴었다. 아내가 비명을 질렀다. 아이들이 문밖에서 울어댔다. 형식은 누구에게라고 할 것도 없이 욕을 해대고는 방을 나갔다. 집 밖으로 뛰쳐나갔다.

형식은 다급하게 초인종을 눌렀다. 장모가 놀란 얼굴로 현관문을 열었다. 형식은 인사도 제대로 하지 않고 안으로 들어갔다. 장인은 잠옷 차림으로 거실 소파에 앉아 골프 채널을 보고 있었다. 털고 일어난 지 한참 됐는지 병색이라고는 찾아볼 수 없었다.

눈짓으로 장모를 방으로 들여보낸 장인이 달갑지 않은 목소리로 물었다.

"어쩐 일인가, 이 시간에 연락도 없이?"

형식은 가슴이 떨려 말이 금방 나오지 않았다. 어금니를 꽉 물고 춧농 같은 침을 삼킨 뒤에야 입을 뗄 수 있었다.

"어쩌실 겁니까?"

"뭘 말인가?"

"제 돈 3천만 원에, 그 빚들까지 다 어떻게 하실 겁니까?"

"그건 자네가 걱정할 거 없네. 자네한테 갚아달랄 것도 아니고."

장인은 사이를 뒀다.

"자네 돈은 기다려보게. 되는대로 제일 먼저 변제할 테니까. 약속하지."

"무슨 수로 어떻게 변제하신단 겁니까. 확실히 말씀을 해주셔야 할 거 아닙니까!"

장인은 형식을 꼬나봤다.

"지금 뭐 하자는 겐가? 그게 사위라는 사람이 지금 이 시간에 다짜고짜 쳐들어와서 장인한테 말한다는 본새야!"

"장인어른께서 그런 말씀 할 자격이 있으십니까? 그래서 저한테 고맙다는 말 한 마디 없이 3천만 원이나 가져가시고 이제, 이 지경이 돼서도 미안하다, 면목 없다 그 한 마디가 없으신 겁니까? 먼저 모욕한 건 장인어른이십니다!"

"자넨 한 식구한테 일일이 고맙다, 미안하다 그러나? 자네 애들한테도 그따위 쓸모도 없는 말, 일일이 바라고 시킬 참이야? 그래서 지금 나보고 어쩌란 겐가? 자네 앞에 무릎이라도 꿇길 바라나? 절이라도 해주길 바라는 겐가?"

장인은 어처구니없어 하는 형식을 더 몰아세웠다.

"내 이런 말까지는 안 하려 했네만, 자네, 그 5천만 원에 아버지 소리 빼먹고 장인어른 하기 시작한 거 아나? 자네 그릇이라는 게 고작 그것밖에 안 되나? 친자식처럼 대해 달랠 땐 언제고 이제 와 제일 잽싼 빚쟁이가 돼, 이 늦은 시간에 쳐들어와 이따위 행패를 부려! 자네 눈엔 내가 그 정도로 밖에 안 보이나!"

형식이 소리쳤다.

"저, 헤어질 생각까지 하고 있습니다!"

"헤어지게."

장인의 목소리는 단호했다.

"자네가 지금 집에서 어떻게 하고 있는지 다 알고 있네. 어제 애가 와서 아주 통곡을 하더군. 됐네. 돈 5천만 원에, 아니 몇

이혁진

달지도 쓰지도 않게

억, 몇십억이 됐든 고작 그 돈 때문에 내 딸한테 그러는 인간, 나도 참아줄 용의가 없네. 헤어지게."

"장인어른!"

"어제 당장 달려가 자네 귀싸대기를 날려버리려다 참았네. 어처구니가 없지. 자네 결혼할 때 어땠나? 지금 사는 그 집 알아봐주고 전세금까지 보태준 사람이 날세. 자네 장모가 어림없다고 했을 때 사람 하나만 보라고, 자네 정도면 쓸 만하다고 우긴 사람이 나라고!"

장인은 팔걸이를 후려쳤다.

"저라고 이러고 싶어 이러겠습니까? 적은 돈이 아니잖습니까, 앞으로 얼마나 더 될지 모르잖습니까!"

장인은 형식을 꿰뚫어버릴 듯 쳐다봤다.

"자네가 이러는 게, 이렇게 된 게 모두 나 때문이라고 생각하나?"

‡

엄마는 지독히 취해 들어와선 막걸리를 더 내놓으라고 주정 부리는 형식을 우선 재웠다. 며느리에게 전화해 형식이 와 있다는 것을 알렸고 사정을 물었다. 엄마는 울먹이는 목소리에서 쏟아지는 이야기를 되묻는 것 없이 가만히 듣기만 했다.

"걱정 마. 내일 들여보낼 테니까, 아무 걱정 하지 말고 너도 자, 어서."

어떤 말을 덧붙여야 할 것 같았지만 마땅한 말이 떠오르지 않았다. 엄마는 그대로 전화를 끊었다. 화가 나지 않았다. 이상했지만, 그랬다. 묘한 평정이 시든 꽃 위에 얹힌 침묵처럼 엄마에게 내려앉아 있었다.

엄마가 한동안 도저히 납득할 수 없었던 사람이 며느리였다. 형식은 왜 이런 애가 좋다는 걸까? 예쁜 것도 아니고 집에 돈이 많은 것도 아니었다. 아들만큼 좋은 대학교를 나온 것도 아니고 성격이 유순한 것도 아니었다. 어디를 봐도 평범하기만 했고 그 평범함에 만족해야 하는 것이 그것에도 못 미치는 자기 자식 처지를 드러내는 것 같아 엄마는 더 싫었다. 시간이 흐르면서 조금씩 이해하게 된 것은 며느리에게 있는 해맑음이었다. 반찬이 맛있으면 맛있다고, 또 만들어달라고 해버리는 해맑음, 마음에 안 드는 것이 있으면 그 자리에서 엄마, 왜 그래? 해버리는 해맑음, 그런 것을 버르장머리 없거나 되바라졌다고 생각할 수 없게, 솔직하고 어쩌면 순진한 것이라고 받아들일 수밖에 없게 하는, 아주 이상한데 무시해버릴 수는 없는 해맑음. 처음에는 어처구니가 없었고 지금도 늘 좋지는 않았다. 두 사람만 있을 때 한번 크게 언성을 높여 다툰 적도 있었다. 하지만 결국 그 해맑음에 질 수밖에 없었다. 남이 아니니까, 가족이니까. 며느리가 어처구니없을 만큼 당연하게 받아들이고 밀어붙이는 그 사실이 엄마에게는 오래전에 없어진 것, 닳아지고 잃어진 것이었다. 가족은 남보다 무섭고 힘든 것이었다. 죽기 전까지 벗어놓을 수 없는 굴레이고 영원히 끌고 가야 할 수레였다. 돈이 없으면 그랬다. 애정과 유대는커녕 번번한 의무와 책임조차 수행할 수 없었다. 엄마라서 늘 미안했고 그 미안함 때문에 괴로웠으며 그 괴로움 때문에 다시 미안한 짓을 저지를 수밖에 없었다. 가장 가까이 있는, 남이 아니라 가족이었기 때문에. 많은 일이 떠올랐다. 화를 내지 말았어야 할, 지금 이 일처럼 화를 낼수록 더 나빠질 뿐이고 실제로 그렇게 되고 만 일들이. 날이 샐 때까지 엄마의 방에는 불이 꺼지지 않았다.

출근 시간이 가까워 오자 엄마는 국을 데워놓은 뒤 해장하고 집에 들어가라는 메모를 남겼다. 현관문을 나섰다. 요양원의 셔틀버스를 탔다.

퇴근 시간이 돼 엄마는 평소보다 서둘러 근무 교대를 하고 집으로 돌아왔다. 예상대로 형식은 아직 집에 있었다. 사골국에 밥을 말아 먹고 있었다.

"집에 안 가?"

맞은편에 앉아 먹는 모습을 물끄러미 보다가 엄마가 말했다.

"가야지."

형식은 한숨처럼 말했다.

"이혼할 거니?"

형식은 눈을 들어 엄마를 봤다. 다시 국물을 떴다.

"이혼은 무슨. 내일모레 마흔에, 애가 둘인데. 이사도 할 거고."

"정말 하려고 했어?"

형식은 대꾸하지 않았다.

"내가 그랬으면 어떻게 했을 거야?"

"뭘?"

"내가 너한테 돈 빌려달라고 했으면, 마침 너한테 그만한 돈이 있었으면 어떻게 했을 거냐고."

"그 얘기, 안 하면 안 돼?"

"말해봐."

"엄만 아빠가 할아버지한테 엄마 몰래 돈 빌려줬으면 어떻게 했을 건데?"

"당장 잡아 죽였지."

형식은 피식 웃었다. 엄마도 피식 웃었다.

"없었던 일로 해."

엄마의 말에 형식은 후, 한숨을 내쉬었다.

"삼키기 힘들면 그냥 없었던 일로 해. 그런 것도 용기야."

"엄만 형이랑 아직도 연락해?"

엄마는 대꾸하지 않았다.

"엄마한테 그 짓을 했는데도, 그게 돼? 엄마랑은 솔직히, 그냥 남이잖아."

"밥이나 먹어."

형식은 숟가락을 뜨려다 내려놨다.

"난 모르겠어, 엄마. 내가 정말 왜 이러는지 모르겠어."

얼굴을 감싼 손 아래, 식탁 유리로 눈물이 툭툭 떨어졌다.

"이러면, 정말 이러면 돈도 식구도 뭐도 다 잃어버리는 건데, 그런 건 줄 아는데, 안 돼. 그게 너무 안 돼."

가만히 지켜보던 엄마는 축축한 한숨을 내쉬었다.

"나도 예전엔 안 됐어. 그래서 너한테도, 네 형한테도 못 할 짓, 못 할 소리 많이 했고. 몰라, 나도. 그땐 왜 그랬는지. 돈이 없어서, 사는 게 힘들어서 그랬던 것 같은데, 지금 와 생각해보면, 모르겠어. 잘 모르겠어."

엄마는 눈 밑을 지그시 눌렀다.

"그래도 지금 아는 건 이런 거야. 남한텐 내가 잘해준 것만 남는데 식구들한텐 내가 못 해준 것만 남아. 그것도 왜 그런지는 모르겠지만."

엄마는 티슈를 뽑아 형식 앞에 내려놨다. 형식은 주먹으로 눈물을 지웠다.

"엄만 걔가 좋아?"

"좋을 것도 싫을 것도 없어. 그냥 딸인가 보다 하는 거지."

형식은 맥없이 웃었다.

"딸 있는 여자들이 별로 안 부럽기는 해. 예전엔 그렇게 부러워
했는데."

엄마는 나직이 덧붙였다.

"다 어쩔 수 없는 거지. 다 어쩔질 못하는 거야. 근데, 그런 건
가족밖에 없어. 세상에 내 가족밖에 없어."

쓰지도 달지도 않게 엄마가 웃었다.

✢

2주 뒤 예정일에 맞춰 형식은 아내와 함께 이사했다. 없던 일,
일어나지도 않은 일로 생각하자고 서로 합의했다. 회복은 더디
지도 빠르지도 않았다. 그간의 세월처럼, 앞으로 다가올 세월
처럼. 두 사람은 다만, 노력했다. 다행히 아이들은 이내 예전처
럼 형식을 따랐다. 형식은 여전히 서연이에게 머리를 잡아 뜯

기고 서준이에게 팔을 물렸다. 그래도 웃음이 나왔다. 좋았다.

엄마는 새벽 배송 일을 시작한 장인에게 전복장과 얼린 사골국을 보냈다.

이혁진

2016년 장편소설 《누운 배》로 제21회 한겨레문학상을 받았다.

2019년 두 번째 장편소설 《사랑의 이해》를 출간했다.

+

Q. 당신이 생각하는 몬스터는 어떤 모습인가요?

거울 속의 나.

네 몸속에 웅크리고 있는 것

듀나

사건

코퍼스미스의 얼굴은 엉망이었다. 자업자득이었다. 그런 상황이라면 현상금 사냥꾼을 피해 달아나는 대신 경찰에 자수하는 게 상식이었다. 코퍼스미스에겐 상식이 없었고, 현상금을 노리고 달려드는 잡범들을 그로부터 떼어내느라 출동한 경찰 절반이 지금 끙끙거리며 응급실 신세를 지고 있었다.

레드바인은 이제야 법의 보호를 애걸하는 사기꾼을 경멸스러운 얼굴로 쏘아보았다. 코퍼스미스의 입에서 흘러나오는 정보는 분명 엄청나겠지. 벌써 세

개의 상급 기관이 그린 힐 경찰서에 사절을 보냈다. 저 녀석에게 어떤 이야기를 토해내게 하느냐에 따라 앞으로 몇 년간 원터 볼의 정치적 지형이 바뀐다. 코퍼스미스가 이를 제대로 이용했다면 옛날 옛적에 엄청난 이득을 취했겠지만 녀석은 상식이 없는 만큼 머리도 별로 좋지 않았다. 어떻게 이 업계에서 버텨왔는지 이해가 안 되는 수준이었다. 하긴 바로 그렇기 때문에 세컨드 트레인의 어느 누구도 그를 신경 쓰지 않았고…….

"뭐라고?"

"그린브래스 형사님요."

"그린브래스가 뭐?"

"블레이드 댄서예요."

사기꾼의 얼굴은 진지하기 짝이 없었다. 하지만 이 이야기가 왜 여기서 나와? 그리고 그린브래스가 블레이드 댄서라니 무슨 말도 안 되는 소리야?

블레이드 댄서는 지난 2년 동안 원터 볼에서 다섯 명

네 몸속에 웅크리고 있는 것

의 희생자를 낸 연쇄살인범의 별명이었다. 살인마는 시체의 몸을 갈라 내장을 조각내는 행위에 집착하고 있었다. 왜 그러는지는 아무도 몰랐다. 몇몇 전문가들은 뇌기생충에 감염되었기 때문이라는 가설을 내세웠다. 레드바인도 몇 년 전 여름에 뇌기생충 때문에 고생한 적 있었다. 하지만 길 한가운데에서 바보 같은 춤을 추거나 노래를 부르는 대신 살인을 하고 내장을 도려낸다고? 전문가들도 생각이 있겠지만 아무래도 아닌 거 같았다.

"경찰이 아직 모르는 게 있어요. 블레이드 댄서는 닷새 전에 스톤그라인더를 죽였어요. 시체를 발견한 게 바로 저였어요. 그리고 살해 현장에서 그린브래스 형사님이 달아나는 걸 세 명이나 봤어요."

"그것만으로는 범인이라는 증거가 될 수 없지."

"스톤그라인더의 시체를 난도질할 때 쓴 게 그린브래스 형사의 경찰검이었어요. 현장에서 나왔다고요. 지금 세컨드 트레인에서는 복수를 한다고 난리가 났어요. 이제 전 어떻게 되지요?"

어쩌다가 세컨드 트레인이 코퍼스미스의 배반을 눈치챘는지, 코퍼스미스가 왜 그렇게 정신 나간 행동을 했는지 모두 이해가 갔다. 조직의 자체 수사 과정

중 배반 행위가 들통났는데, 믿었던 경찰이 연쇄살인범이라면 돌아버릴 만도 하다.

"그린브래스 형사는 지금 어디에 있지?"

레드바인은 옆에서 속기봉을 두드리고 있던 싱잉투스에게 물었다.

"이틀 전에 실버마우스와 머디 리버에 갔습니다. 열차 강도 사건 공조수사 때문에요. 통신을 보내 확인해볼까요?"

"그래야지."

싱잉투스는 속기봉으로 메시지를 작성해서 벽에 붙은 통신기에 넣고 돌렸다. 잠시 뒤 딱딱 소리가 나더니 통신기의 진자가 흔들렸다. 싱잉투스는 메시지 필름을 꺼내 레드바인에게 내밀었다.

"그린브래스, 어제부터 실종. 실버마우스는 한 시간 전에 귀서로 떠났음."

두 시간 뒤 경찰서에 온 실버마우스는 어리둥절한 표

네 몸속에 웅크리고 있는 것

정이었다. 그동안 그린브래스가 이상하긴 했다. 말수가 적어지고 종종 이상한 행동을 했다. 그리고 어제부터 갑자기 숙소에서 안 보이더니……

"어떤 이상한 행동?"

"구체적으로는 뭐라고 말을 못 하겠어요. 그냥 좀 다른 사람이 된 거 같았어요. 말투나 그런 게 어색했고요. 자기가 뭐 하는지도 모르는 것처럼 멍한 상태였어요. 그러다가 갑자기 사라져버렸어요."

"머디 리버로 떠났을 때부터 그랬어?"

"아뇨. 생각해보니 그전부터 그랬던 거 같아요. 언제부터 그랬는지는 모르겠는데, 대성전 축일이 끝나고 이틀 동안은 멀쩡했어요."

그럼 닷새 전이란 말이다. 닷새 전까지만 해도 멀쩡했던 경찰이 갑자기 이상해져 세컨드 트레인의 2인자를 난도질해 죽이고 얼렁뚱땅 사라져버렸다. 레드바인은 그린브래스를 좋아한 적이 없었지만 아무리 생각해도 이건 말이 안 됐다.

깊이 생각할 여유가 없었다. 그린브래스의 동기를 밝히는 건 전문가들의 몫이었다. 그린 힐 경찰서가 해야 할 일은 그린브래스가 또 다른 사고를 치기 전에 빨리 잡아들여 어떻게 된 일인지 확인하고 앞으로 벌어질 일에 대비하는 것뿐이다.

레드바인은 싱잉투스와 실버마우스를 데리고 경찰서를 나왔다. 경찰 썰매에 올라탄 그들은 그린브래스의 아파트를 향해 출발했다. 동지절이 이틀 뒤라 날은 벌써 어두웠다. 글래스 비치 출신인 레드바인은 아직도 윈터 볼의 극단적인 낮과 밤의 길이에 온전히 적응하지 못했다.

글래스 비치에서 수확한 에탄올을 싣고 썰매 옆을 지나가는 바퀴 달린 7량 열차, 썰매 사이를 분주하게 오가는 전령 스케이터들, 가로수에 매달린 발광꽃에 몰려드는 풍선 해파리들을 멍하니 바라보며 레드바인은 생각에 잠겼다.

아직 그린브래스가 블레이드 댄서라는 확신이 서지 않았다. 여섯 건의 살인 중 세 건이 그린 힐에서 일어났지만 처음 세 건은 한참 떨어진 시골이거나 다른 도시에서 일어났다. 그 사건들에 대해 그린브래스가 알리

네 몸속에 웅크리고 있는 것

바이를 갖고 있는지 확인할 필요가 있었다.

사건의 성격도 그린브래스와 연결되지 않았다. 블레이드 댄서의 다른 별명은 레드 저지였다. 첫 번째를 제외하면 피해자는 모두 범죄자이거나 평판이 나빴다. 첫 번째 희생자인 워터가드는 양로원에서 서서히 죽어가던 은퇴한 공무원이었는데, 이 사람에게도 경찰이 모르는 사정이 있었을지도 모른다. 내장을 토막 내는 행위는 여전히 이해가 되지 않았지만 그래도 읽을 수 있는 흐름은 있었다. 하지만 그린브래스가 그런 식의 광기에 사로잡혔을 가능성은 상상할 수 없었다. 오히려 경찰이기 때문에 더욱 그랬다. 그린브래스는 적당히 융통성 있게 구는 평범한 공무원이었다. 이걸 15년 넘게 집요하게 감추며 살았을 거 같지 않았다.

역시 뇌기생충인가? 최근 몇십 년 동안 과학자들은 그들이 사는 세계가 생각했던 것보다 훨씬 이상한 곳임을 밝혀내고 있었다. 텅 빈 공간이 젤리처럼 탄력 있는 곳이라는 이해 못 할 주장보다는 숙주를 미치광이 살인마로 만드는 뇌기생충이 더 그럴싸하게 들렸다.

썰매가 서자, 레드바인과 부하들은 아파트 2층으로

올라갔다. 그린브래스의 방은 경사로 바로 앞에 있었다. 경찰서에서 받은 열쇠로 문을 연 그들은 안으로 들어갔다.

방은 깔끔했다. 그게 오히려 어색했다. 레드바인은 이 아파트에 다섯 번 정도 온 적 있었는데, 이렇게 깨끗했던 적이 없었다. 필름책들은 알파벳 순서대로 정리되어 상자에 담겨 있었고 창문은 새로 필름막을 입혔으며 바닥은 먼지가 위에 살짝 깔려 있긴 했지만 조금만 몸을 기울여도 미끄러질 정도로 잘 닦여 있었다. 마치 거주자의 흔적을 꼼꼼하게 지운 것 같았다.

"이것 좀 보세요."

선반 위의 상자들을 하나씩 꺼내 검토하던 싱잉투스가 상자 안에 들어 있던 필름들과 리더기를 내밀었다. 들여다보니 모두 블레이드 댄서와 관련된 자료였다. 일련번호를 보니 모두 사흘 전 것이었다. 적어도 그린브래스가 블레이드 댄서와 완전히 무관하다고는 할 수

네 몸속에 웅크리고 있는 것

없게 되었다. 그걸 굳이 감출 생각이 없었다는 것도.

레드바인은 부하들에게 현장을 맡겨놓고 아파트에서 나왔다. 눈이 내리고 있었다. 모자를 쓰고 몸을 한 번 부르르 떨고 보도를 미끄러지다 보니 스틸섀도우 의원의 집이 나왔다. 의원은 5년째 경찰 개혁 위원회 소속이었으니 그린 힐 경찰서의 경위가 방문하는 건 자연스러웠다.

스틸섀도우 의원은 뜨거운 물이 담긴 욕조 의자에 앉아 필름신문을 읽고 있었다. 레드바인이 들어오자 의원은 왼손을 휘둘러 비서들을 내보냈다.

"그린브래스 소식을 들었습니다. 어떻게 된 일인가요, 경위?"

의원이 물었다.

"저희도 영문을 모르겠습니다. 상황을 파악하는 중입니다."

"그린브래스가 코퍼스미스를 암살할 계획을 짜고 있을 가능성은 있습니까?"

"그럴 생각이었다고 해도 지금은 불가능하지요."

"그런 의심이 드는 상황 속에서 코퍼스미스가 살해될 가능성은요?"

"없지 않겠습니까? 코퍼스미스가 죽는다고 상황이

크게 바뀌지는 않습니다. 어차피 세컨드 트레인은 미래가 없습니다. 미래가 없다는 걸 알기 때문에 다들 저렇게 날뛰는 거라고요. 코퍼스미스가 편리하게 죽어도 세컨드 트레인은 어차피 죽습니다. 누구에게 어떤 이득을 남기고 어떻게 죽느냐의 차이가 있을 뿐이죠. 의원님도 슬슬 대비하는 게 좋습니다.”

“남 이야기처럼 말하는군요.”

“전 몇 년 전부터 대비를 했습니다. 의원님이 혹시 멍청한 소리를 해서 제가 내사과로 끌려가도 티끌 하나 찾을 수 없을 겁니다. 일단 전 여기서 어떤 금전적 이득을 취한 적이 없거든요.”

“그린브래스도 몰랐습니까? 1년 반 동안 세컨드 트레인의 뒤를 캐면서 무슨 단서를 찾지 않았을까요?”

“그린브래스는 지금 미치광이 살인마입니다. 잡혀서 무슨 말을 하더라도 그리 설득력은 없지요. 게다가 전 세컨드 트레인을 위해 일한 적이 없거든요. 절 흔해빠

네 몸속에 웅크리고 있는 것

진 부패 경찰 정도로 취급하지 마십시오. 모두 대의를 위해 한 일입니다. 의원님도 슬슬 그런 걸 하나 찾으시죠. 전부터 찾았으면 좋았겠지만."

레드바인은 간단히 목례를 하고 의원의 집을 떠났다. 목에 힘을 주고 허세를 부렸더니 경사로 앞에서 힘이 빠졌다. 의원이 저 말을 얼마나 믿을까. 반만 믿어주어도 의원을 견제하는 데에 도움이 될 것이다. 그전에 빨리 의원도 모르는 잔가지를 제거해야 한다.

10년 뒤까지 내다보고 완벽하게 짜놓은 계획이었다. 엉뚱하게 블레이드 댄서가 끼어들 거라고 누가 상상이나 했겠는가. 그리고 그 미치광이가 그린브래스라니. 이 미친 변수가 없었다면 세컨드 트레인은 조용히 자멸했을 것이고 그 빈 공간을⋯⋯.

"경위님."

검은 옷을 두른 누군가가 레드바인 옆을 미끄러지며 음산한 저주파로 말했다. 블러드버켓이었다. 얼마 전에 죽었다는 스톤그라인더의 부하였다.

"제발 이야기 좀 합시다, 레드바인 경위님."

"지금은 안 돼. 보는 눈이 너무 많아."

"지금 상황이면 그 정도 위험 정도는 각오해야 하지

않겠습니까? 따라와요."

레드바인은 한숨을 내쉬었다. 선택의 여지가 없었다. 지금으로서는 더 이상 잃을 게 없는 쪽이 강자였다. 블러드버켓이 고함 한 번만 질러도 몇 넌은 귀찮아질 판이다.

블러드버켓이 레드바인을 데리고 간 곳은 좁은 골목 쪽으로 작은 문이 나 있는 창고였다. 일꾼 전용 출입문은 말이 문이지, 동그란 구멍이나 마찬가지였다. 일꾼들이 물건을 빼돌리지 못하게 몸만 빠져나올 수 있는 구멍을 뚫고 문을 단 것이다. 안전 문제로 윈터 볼 시 정부가 2년 전에 금지했지만 여전히 도시 여기저기에 남아 있었다.

에탄올을 짜고 말린 해초 더미가 창고 절반을 차지하고 있었다. 건조 수프 공장 안이었다. 수프 재료를 짜고 난 찌꺼기는 다시 섬유 공장으로 넘어가 보온복과 필름과 잉크를 만드는 재료로 쓰일 것이다. 도시는 해

네 몸속에 웅크리고 있는 것

초를 먹으며 살고 있었다. 세컨드 트레인이 50년 넘게 윈터 볼을 장악할 수 있었던 것도 지하 해초 유통 시스템을 운영하고 있었기 때문이었다.

"네가 무슨 생각을 하고 있는지 알 것 같긴 한데, 스톤그라인더가 어떻게 죽었건 나랑 상관없어. 그린브라스가 그런 미치광이였다는 건 나도 몰랐다고."

레드바인이 말했다.

"알아요. 안다고. 경위님에게 따지려고 한 거 아니에요. 전 그냥 경위님이 필요해요."

"왜?"

"살아남아야 하니까요."

"내 위치를 과대평가하는 모양인데, 내가 해줄 수 있는 건 별로 없어. 나 같으면 당장 글래스 비치로 가서 다른 섬으로 가는 배를 타겠어. 아니면……."

레드바인은 비명을 질렀다. 몰래 경찰검을 뽑아 들려던 왼손이 곤봉을 맞은 것이다. 블러드버켓은 곤봉을 허리띠에 꽂고 바닥에 떨어진 칼을 꼬리로 튕겼다.

"살기 위해서는 경위님이 필요해요."

블러드버켓은 아무 일도 없었던 것처럼 무덤덤하게 말을 이었다.

"다른 대안을 찾아봤는데, 역시 경위님만 한 대안이 없어요. 이야기도 생각해냈어요. 그린브래스를 추적하던 경위님은 어쩌다 보니 이 창고까지 왔지요. 왜 이 창고인지는 나중에 생각해보면 될 것이고. 창고에서 경위님은 그린브래스의 시체와 저를 발견해요. 아마 두목의 복수를 한 것이겠죠?"

"그린브래스가 죽었어?"

"그렇다니까. 시체가 여기 있잖아요."

블러드버켓은 꼬리로 어설프게 쌓여 있던 해초 더미를 툭 쳤다. 멍하니 천장을 올려다보고 있는 그린브래스의 죽은 얼굴과 뱃가죽이 길게 찢겨 폐와 내장이 보이는 몸이 드러났다.

"살인 현장을 들킨 블러드버켓은 당연히 경위님을 죽이려고 해요. 경위님은 맞섰고 부상을 입었죠. 그 와중에 창고에서는 불이 났고 블러드버켓은 죽어요. 경위님은 저 출구로 간신히 빠져나왔지만 두 구의 시체는

　　　　　　네 몸속에 웅크리고 있는 것

완전히 타버리겠죠. 에탄올을 짜낸 뒤에도 말린 해초는 화력이 대단하거든요. 경위님은 그 뒤로 조금 이상하게 굴겠지만 그런 일을 겪었으니 당연히 이해해주지 않겠어요?"

"그게 도대체 무슨 소리야?"

"아직도 이해하지 못하신다고요? 어쩔 수 없죠. 직접 보여드려야지."

블러드버켓은 옷을 떨구더니 허리띠에서 가늘고 긴 칼을 뽑아 자기 배를 찔렀다. 칼은 가슴으로 쭈욱 올라갔고 1미터 길이의 긴 상처가 생겼다. 그리고 그 상처를 입구 삼아 피에 젖은 무언가가 기어 나왔다. 처음 보는 이상한 짐승이었다. 둥그런 머리와 두 개의 가는 팔까지는 특이할 게 없었다. 하지만 허리 밑에는 꼬리 대신 두 개의 팔이 삐죽 나와 있었다. 짐승은 놀랍게도 그 두 팔을 이용해 몸을 세우더니 그들을 번갈아 움직이며 앞으로 이동했다. 괴물의 손에서 무언가가 번쩍했고 레드바인은 정신을 잃었다.

설명

내 이름은 강미하이고 여러분이 지금까지 읽은 이야기를 쓴 사람이다. 끝까지 읽은 독자들에게는 미안하다는 말을 전하고 싶다. 내가 생각해도 그리 좋은 글은 아니다.

일단 구조가 나쁘다. 가지고 있는 재료를 최대한 활용하는 대신 계속 새로운 캐릭터와 상황이 등장하는데 이게 끝까지 정리되지 못한다. 마치 성의 없이 이어 쓰기를 하는 아이들의 합작품 같다.

아이디어가 진부하다. 이 이야기의 반전은 사람들 몸에 기생하는 외계인이 연쇄살인범이라는 것인데 이는 1950년대에 벌써 유통기한이 지났다. '그 기생 외계인이 지구인이었다' 역시 고루한 반전이다.

외계인의 묘사가 형편없다. 처음엔 지구인인 척 묘사를 하다가 서서히 다른 행성에 사는 외계인이라는 걸

드러내려는 의도는 이해하겠는데, 그래도 이 세계는 지나치게 지구 같고 외계인들 역시 지나치게 지구인 같다. 오리지널 <스타 트렉>에 나오는 분장한 할리우드 배우들 같은데 신체 구조가 보다 과감하게 다를 뿐이다.

이런 문제점들을 다 알면서도 왜 나는 이 글을 쓴 것일까? 선택의 여지가 별로 없었다. 나는 직업 작가가 아니라서 이런 이야기를 그럴싸하게 꾸미는 트릭 같은 건 잘 모른다. 그리고 내가 지금까지 기록한 이야기는 모두 사실에 바탕을 두고 있다. 이야기를 재미있게 꾸미기 위해 삽입한 허구는 없다. 아니, 아주 없지는 않다. 나는 레드바인이 그린브래스의 아파트로 가는 동안 실제로 풍선 해파리를 보았는지는 모른다. 하지만 난 풍선 해파리를 좋아하기 때문에 그냥 넣고 싶었다. 그리고 가로수 발광꽃에 몰려드는 풍선 해파리 무리는 윈터 볼에서 흔히 볼 수 있는 풍경이다.

슬슬 상황을 설명해야 할 것 같다. 이 이야기의 무대는 우리가 임시로 멜뤼진이라고 이름을 붙인 행성으로 우리 태양계로부터 2809광년 떨어져 있다. 발견된 지는 15년이 지났다. 이들의 기술문명이 아직 충분히 성숙하지 못했기 때문에 아직 공식 접촉은 없었다. 대신 몇 세기 뒤에 있을 접촉에 대비하기 위한 연구가 시작되었고 스파이로 내가 파견되었다. 그게 5년 전, 그러니까 멜뤼진 달력으로는 4년 전 일이다.

멜뤼진 문명은 평균 넓이가 뉴질랜드 북섬 크기 정도인 섬들이 100여 개가 모여 있는 남반부에서 태어났다. 이들은 500년 전 북반부에 하나밖에 없는 대륙의 해안가를 정복했지만 내륙으로는 들어가지 못했다. 원주민들은 생물학적으로나 문화적으로 해수의 의존도가 높아서 내륙은 그리 매력적인 공간이 아니다. 담수의 가치가 부각되기 시작한 것도 이들이 스털링 기관을 만들어 기계문명에 적용하기 시작한 뒤부터이다.

멜뤼진 원주민들은 두 개의 팔과 동그란 머리를 가진 파란색 물뱀처럼 생겼다. 어떻게 보면 물고기 꼬리 대신 뱀 몸을 가진 인어처럼 보이기도 한다. 이들은 직립보행을 하는 대신 상체를 세우고 하체를 이용해 뱀처

네 몸속에 웅크리고 있는 것

럼 미끄러지며 이동한다. 이 이야기의 캐릭터들이 모두 남자라는 인상을 주었다면 미안하다. 이들에 겐 성별이 없다. 우리 기준에 따르면 양성이라고 할 수 있는데, 이들에겐 이게 당연하기 짝이 없어서 왜 '양성'이라는 이상한 단어를 만들어 쓰는지 이상해 할 것이다. 그들에겐 우리가 뭔가 결여된 존재처럼 보이겠지.

이들은 웅웅거리는 노래를 통해 대화를 하는데 음역 이 엄청나게 넓어서 인간의 귀는 이들 대화의 40퍼 센트도 커버하지 못한다. 당연히 로만 알파벳으로 옮기는 건 불가능하다. 어쩔 수 없이 나는 이들에게 영어 이름을 붙였다. 몇몇 이름들은 꽤 그럴싸하게 들리고 어떤 이름들은 어색한데, 모두 진짜 이름을 직역했음을 알려드린다. 단지 몇몇 이름들은 오해 를 살 여지가 있다. 블러드버켓은 영어로 읽으면 험 악하기 짝이 없는 이름이다. 하지만 멜뤼진 문명에 서 피는 그렇게까지 무서운 의미는 없다. 코퍼스미 스는 구리 장인이 아니라 구리로 식용 환약을 만드 는 직업을 가리킨다. 세컨드 트레인은 진짜배기라 는 의미의 속어인데 윈터 볼에서 50년 전에 일어난 대규모 해양 사고와 관련되어 있으며 이는 설명하기가 좀 까다롭다. 아, 그리고 이들의 언어에서 트레인은 한 줄로 엮은 배들을 가리킨다. 우리가 생각하는 열차는 '바퀴 달린 트레인'이라고 따로 부른다.

앞에서 나는 멜뤼진 원주민을 지나치게 지구인처럼 그렸다고 말했다. 분명 이들은 지구인들과 다르다. 다르게 생각하고 다르게 말하고 다르게 행동한다. 이들이 느끼는 기쁨, 슬픔, 고통, 연민, 쾌락은 겉보기에 우리와 비슷한 것 같지만 그거야 밖에서 본 기능적인 면만 그렇다. 안에서는 전혀 다른 경험이 진행되고 있다. 만약 이들의 사고방식과 언어를 정확하게 그려야 한다면 문장 하나에 수십 줄의 주석을 달아야 할 것이다. 하지만 이들의 말과 행동을 지구의 언어로 묘사하면 자연스럽게 글은 지구의 사고방식에 쏠려 들어가게 된다. 유사성이 강조되며 차이점은 묻힌다. 그렇다면 내가 쓴 이야기가 거짓말인가? 그렇지는 않다. 그들에게도 정부와 정치가와 경찰과 범죄자가 있다. 멀리서 큰 그

네 몸속에 웅크리고 있는 것

림을 보았을 때 내 이야기는 모두 사실이다. 단지 건성으로 번역되었을 뿐이다.

두 발 달린 원숭이인 내가 어떻게 이 물뱀들의 세계에 녹아들 수 있을 것인가. 나는 이들의 몸집과 신체 구조를 이용하기로 결정했다. 멜뤼진의 중력은 지구의 절반 정도이고 원주민들은 지구인보다 훨씬 크다. 그건 내 몸 전체를 집어넣고도 그럴싸하게 움직일 수 있는 생물학적 로봇을 만드는 것이 가능하다는 말이다.

아직 이 사회는 정보화시대로 접어들기 전이었기 때문에 신분 조작은 좀 어려웠다. 하지만 나는 그럴싸한 노인의 몸을 만들어 양로원에 들어가는 데에 성공했다. 노인의 몸과 신분을 빌린 이유는 멜뤼진 원주민들에게 노화는 생애 후반에 급속도로 진행되는 과정이기 때문이다. 노인이 무슨 짓을 해도 이곳에서는 다들 그러려니 하고 관대하게 대한다. 아직 이 문화에 익숙하지 못한 외계인이라면 노인인 척하는 게 가장 편하다.

한동안은 잘 버텼다. 하지만 내 룸메이트인 워터가드가 나를 의심하기 시작했다. 나를 외계인이라고 생각한 건 아니고 아마 북반부 대륙에서 내려온 스파이라고 여겼던 것 같다. 워터가드는 나를 노인으로 변장한 젊은이라고 의심했는데 이건 정말 위험했다. 어느 정도 사실이었기 때문에.

워터가드가 내 변장을 벗기겠다며 칼을 들고 나에게 덤벼들었을 때 내 평온한 위장 생활은 끝이 났다. 내 로봇 몸은 난도질당했고 워터가드 역시 심각한 부상을 입었다. 나는 로봇 몸에서 기어 나와 어떻게 해야 할지 생각했다. 암만 생각해도 답은 하나였다. 워터가드의 몸으로 갈아타는 것이다.

내 로봇 몸은 실제 멜뤼진 원주민의 몸과 크게 다르지 않았다. 원주민의 유전자를 갖고 만들었고 원래 원주민의 몸에도 나같이 몸집 작은 지구인이 들어갈 수 있는 빈 공간이 하나 있었다. 이 공간은 임신 때 채워지기도 하지만 움직임을 편하게 해주기도 한다. 이곳의 중력은 지구의 절반이지만 그렇다고 질량까지 절반이 되는 건 아니기 때문에 몸을 능숙하게 통제하려면 이

네 몸속에 웅크리고 있는 것

들의 몸은 최대한 가벼워질 필요가 있다. 사실을 말한다면 원주민의 몸을 로봇처럼 이용하는 대안은 로봇 설계 때부터 있었다. 될 수 있는 한 이런 일이 일어나지 않길 바랐지만.

이 모든 게 끔찍하게 들린다는 것은 나도 인정한다. 하지만 실제 경험은 견딜 만하다. 생체슈트를 입고 신경망을 연결하면 숙주의 몸이 내 것처럼 느껴진다. 여전히 불필요한 무게를 덤으로 안고 있고 그리스신화에 나올 것 같은 낯선 육체를 통제하는 건 힘들며 남의 몸과 연결해 식사와 배설을 해결해야 하지만 생각만큼 불편하지는 않단 말이다.

내 로봇 몸은 화장되었다. 양로원에서는 내가 워터가드에게 살해당했다고 결론지었고 서류에 기록하지도 않았다. 이 행성에서 노인들은 대부분 무슨 짓을 저질러도 처벌되지 않는다. 다들 정신이 온전치 않고 어차피 몇 개월 안에 죽을 사람들이기 때문에. 그건 워터가드의 수명이 얼마 남지 않았고 나는 다른 몸을 찾아야 한다는 뜻이었다.

그때였다. 내가 블레이드 댄서라는 살인마를 발명한 것은.

나름 논리적이었다. 구조선은 이 행성 달력으로 5년

뒤에야 온다. 나는 꾸준히 새 몸을 공급받아야 했다. 그리고 그 몸은 워터가드와는 달리 건강해야 했다. 그렇다고 무고한 사람들의 몸을 빼앗을 수는 없는 노릇이다. 나는 죄인들을 찾아야 했다.

나는 죽어가는 워터가드의 뇌를 뒤져 첫 번째 희생자를 찾아냈다. 일렉트릭윈드라는 이름의 사업가였다. 경력은 평범했지만 워터가드는 이 사람이 교활하게 동업자를 자살로 몰고 갔다고 확신하고 있었다. 증거는 없었지만 나에겐 그럴싸해 보였다.

실행은 손쉬웠다. 일렉트릭윈드는 단 한 번밖에 만난 적이 없는 공무원의 얼굴 따위는 기억하지 못했고 누군가 그 일로 자신을 해코지할 거라고는 상상도 하지 못했다. 그를 외진 곳으로 끌고 가 마비시키고 몸으로 들어가 신경망을 장악하는 데까지 한 시간 정도밖에 걸리지 않았다. 물론 여기서 한 시간은 지구의 단위이다. 멜뤼진의 시간 단위는 기괴할 정도로 복잡

네 몸속에 웅크리고 있는 것

해서…….

거의 완벽한 성공이었다. 나는 분명한 개성을 가진 한 명의 연쇄살인범을 만들어냈다. 경찰은 그 한 명을 추적했지만 실제로 개별 사건에서 희생자는 사실 가해자였고 둘 다 매 사건마다 바뀌었다. 단지 이전에 쓴 몸의 내장을 난도질한 건 실수였던 거 같았다. 내가 기생한 흔적을 지운다는 목적은 달성했다. 하지만 해초의 영양분을 압축하는 과정을 통해 지적 존재의 길을 걸어온 이 초식동물들에게 내가 연출한 지구식 연쇄살인은 초현실적으로 보였다. 이 세계에도 다양한 강력범죄가 일어났지만 블레이드 댄서의 연쇄살인은 그들의 사고 스펙트럼 너머에 있었다.

살인을 저지를수록 내 희생자들은 점점 거물이 되어갔다. 그와 동시에 내 야심은 점점 커져갔다. 단순히 악당들을 처벌하는 대신 내가 머물고 있는 행성에 도움이 되는 일을 해야 한다는 야심에 사로잡혔다고 할까. 스톤그라인더는 그 야심에 부합하는 희생자였다. 윈터 볼의 경찰이 세컨드 트레인을 그렇게 쉽게 구석으로 몰고 갈 수 있었던 것도 내가 활약한 덕택이었다.

그린브래스에 대해 이야기해볼까. 이 불운한 경찰은 내 표적이 아니었다. 나는 스톤그라인더로 몇 주 더 버틸 생각이었다. 하지만 내가 뿌린 단서를 밟으며 세컨드 트레인에 접근해 오던 그린브래스를 내 부하 블러드버킷이 공격했을 때는 선택의 여지가 없었다. 내가 달려왔을 때 그린브래스는 심각한 뇌손상을 입어 치료가 불가능했다. 나는 몸을 갈아타기로 결정했다. 이렇게 하면 세컨드 트레인을 괴멸시킨다는 내 계획을 조금 더 앞당길 수 있을 것 같았다. 블러드버킷을 다음 숙주로 삼은 건 그린브래스를 죽인 것에 대한 처벌이었다.

나는 지금 그린 힐 경찰서 소속 레드바인 경위의 몸 안에서 이 글을 쓰고 있다. 앞에 쓴 이야기에서 레드바인은 엄청난 대의에 따라 행동하는 것처럼 허세를 떨었지만 이 친구는 그냥 교활한 부패 경찰에 불과하다. 하지만 지금까지 레드바인이 만든 조직망과 모아놓은 정

네 몸속에 웅크리고 있는 것

보가 엄청나서, 이것들을 잘 활용하면 뭔가 멋진 일을 할 수 있을 것 같다. 그 멋진 일이 무엇이 될지는 앞으로 느긋하게 생각해볼 것이다. 구조선이 올 때까지 시간은 많이 남아 있으니까.

듀나

SF작가이자 칼럼니스트. 쓴 책으로 《대리전》 《용의이》 《브로콜리 평원의 혈투》 《제저벨》 《아직은 신이 아니야》 《면세구역》 《가능한 꿈의 공간들》 등이 있다.

+

Q. 당신이 생각하는 몬스터는 어떤 모습인가요?

우리가 만든 악몽의 전형 속에 갇힌 미지의 존재들.

네 몸속에 웅크리고 있는 것

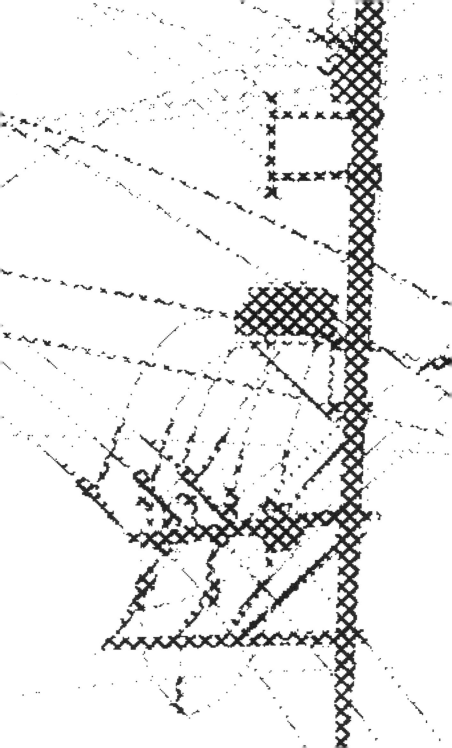

이상한 인어

이야기

곽재식

인어로 서울에서 살기에는 여름보다는 겨울이 낫다. 겨울에는 이런저런 옷을 껴입고 털모자도 쓰고 장갑도 끼면 내가 인어라는 사실을 숨기기가 크게 어렵지 않다. 그렇게 옷을 여러 겹 입는 것만으로도 사람 같은 다리가 없는 내 하반신이나 윤기 나는 털로 덮인 몸체를 숨길 수 있었다. 그러니 "인어를 발견했다"고 사람들이 몰려든다거나 어디에 붙들려가서 조사를 당하는 피곤한 일을 피하려면 겨울이 여러모로 유리했다. 가끔 바다에 다시 들어가보려고 할 때도 바닷가에 사람들이 몰리는 여름보다는 겨울이 좋았다.

겨울에도 불편한 점이 없는 것은 아니다. 나는 사람처럼 걸을 수 있는 다리가 없기 때문에 거리를 걸어 다녀야 할 때는 전동휠체어를 이용한다. 그런데 아무래도 겨울철에 전동휠체어 배터리가 방전되는 일이 좀 더 잦았다. 요즘 나온 새 기계들은 그런 문제가 훨씬 덜하지만, 배터리 방전 때문에 몇 번 고생을 하고 나니 아무래도 신경이 쓰인다.

배터리가 방전되었다고 해서 나는 아무에게나 쉽게 도와달라고 할 수가 없다. 나는 목소리나 발음이 이상하고 가까이서 보면 하체만이 아니라 상체와 얼굴도 사람과는 다르게 생겼다. 말을 걸다 보면 눈길을 끌게 되고 눈길을 끌다 보면 '이거 사람이 아니라, 무슨 괴물 아닌가?'라고 생각하는 사람도 있을 것이다.

서울에는 몇 년 전까지만 해도 목소리나 발음이 남과

곽재식

다르면 괜히 이상하게 보는 사람들이 유독 많았다. 세상에 남북한 바깥으로만 나가면 아무도 안 쓰는 쓸모없는 말이 한국어인데, 한국이라는 그 조그만 구역 안에서는 한국어가 좀 모자라면 사람들이 그렇게 무시하려고 들었다. 온갖 곳에서 천대받던 사람조차도 내 한국어 발음이 좀 이상하다는 것만으로 나를 업신여기는 일이 흔했다. 내 피부색이나 행색이 이상한 것을 보고 "저거 외국인 아니야?"라는 말을 꺼내며 수군거리는 사람도 있고, 괜히 가까이 와서 "여기 왜 왔어?" "너는 어디서 온 애냐?"라면서 놀리려는 사람도 적지 않았다.

따지고 보면 나는 사람과 아주 크게 다르지는 않다. 어느 나라에서 내려오는 전설인지는 모르겠지만 하반신이 물고기처럼 생긴 그런 인어 모양과 나는 아주 다르다. 나는 사람처럼 포유류고, 사람처럼 폐로 숨을 쉰다.

절반만 물고기인 그런 생물이 있을 리가 없지 않은가? 상반신은 포유류고 하반신은 어류가 되려면 등

뼈와 다리뼈의 구조가 엉망으로 꼬여 있어야 하고, 내장의 위치도 아주 괴상해질 수밖에 없을 것이다. 하물며 사람처럼 눈, 코, 입, 목과 가슴이 있는데 그러면서도 동시에 아가미로 물속에서 숨을 쉬는 동물이 있다면 폐와 호흡기관의 구조가 개떡처럼 엉킬 것이다. 나는 그냥 물개처럼 오래 숨을 참을 수 있을 뿐, 물속에서 자유롭게 숨을 쉴 수 있는 것은 아니다.

말하고 보니 나는 사람들이 생각하는 동물 중에서는 물개와 비슷한 편이다. 습성이나 덩치를 생각하면 바다사자 종류와 더 닮았다. 보통 물개보다는 덩치가 커서 어지간히 작은 사람만 한 크기이고 머리통은 물개보다 훨씬 크다. 다리는 지느러미 느낌이 좀 더 많이 나지만 팔엔 물갈퀴 같은 것이 달려 있고 손가락이 긴 모양이면서 사람 팔과 아주 닮았다. 스웨터를 입고 장갑을 끼면 그 모양이 사람과 얼추 비슷하다. 손가락 끝으로 컴퓨터 키보드나 스마트폰을 조작하는 것도 어렵지 않다.

최근에 이상한 괴물 전설을 소개한다는 어느 잡지 기사에서 읽은 것인데, 18세기 조선의 실학자 안정복은 한반도 근처의 바다 괴물에 대해 연구한 글을 남긴 적이 있다고 한다. 안정복이 주목한 것은 외국의 기록이다. 그는 한반도 동쪽 바다 외딴곳에 사람과 물고기를 반반쯤 닮은 이상한 짐승이 산다는 내용을 어디선가 읽었다고 주장했다. 겉모습과 목소리는 사람과 많이 닮았지만 항상 물에서 머물며 물고기와 비슷하게 살아가는 짐승이 있다는 이야기니까 인어 비슷한 것이 있었다는 말이었다.

안정복은 본래 역사를 주로 연구한 학자였지만 그의 추측은 인어에 대해 연구한 모든 학자들 중에서 가장 정확했다.

그는 그 전설이 울릉도와 독도 인근에 사는 강치를 멀리서 보고 착각한 것이거나, 강치에 대한 소문이 와전된 것이라고 추측했다. 강치는 바다사자 종류로 팔다리가 있는 그 모습을 얼핏 멀리서 보면 사람이 엎드린 모습으로 착각할 수도 있을 것 같고, 강치의 울음소리 또한 얼핏 아기 울음소리와 비슷하게 들릴 때가 있다. 게다가 물고기와는 눈, 코, 입의 모습이 전혀 달라서 포유류 동물의 모습 그대로다. 새끼를 낳고 돌보며 지내는 모습에 주목한다면 뭔가 이상한 짐승이라는 소문이 퍼져나갈 만도 하다. 그렇게 소문이 퍼지면서 점점 과장되어 동쪽 바다에 바다사자라는 이상한 동물이 산다는 이야기가 인어 같은 아주 신비로운 괴물이 산다는 이야기로 바뀌었다고 안정복은 짐작했다.

그의 연구에서 오류는 단 한 군데뿐이다. 사람들이 강치를 보고 사람 반, 물고기 반의 괴물로 착각한 것이 아니라 강치와 어울려 사는 나 같은 인어가 정말로 따로 있었다.

옛날 서커스를 촬영한 영상을 보다 보면, 물개를 훈련시켜서 공을 받아치게 하거나 고리를 통과하게 하는 등 여러 가지 재주를 부리게 하는 장면이 나온다. 그런 모습만 봐도 물개가 머리가 좋다는 사실은 쉽게 알수 있다. 우리 인어는 그보다 훨씬 더 지능이 뛰어난해양 포유류다. 그리고 그렇게 두뇌가 발달한 상태로 바다에서 오랜 옛날부터 살아왔다. 그렇게 생각하면 내 몸의 구조를 바다사자 부류의 동물이 손을쓸 수 있고 큰 두뇌를 지탱할 수 있는 형태로 변한모양이라고 설명해볼 수도 있을 것 같다. 바다사자와 인어의 차이가 긴꼬리원숭이와 사람의 신체 구조 차이 정도라고 생각해보면 제법 비슷할지도 모르겠다.

내가 태어난 곳도 독도 인근이었다. 언제나 잡아먹을 물고기들이 파도 굽이굽이마다 널려 있었고, 가끔 특이한 것이 먹고 싶으면 거북이나 물새를 잡아먹을 수도 있었다. 해초로 올가미를 만들어 수면에서 물새를 잡아 바닷속으로 끌어들이면, 새를 사냥하는 것도 별로 어렵지 않은 일이었다. 아직도 그때그 맛은 생각이 난다. 가끔 생선회를 배달시켜서 먹을 때면 생으로 꿈틀거리는 물고기를 따라가면서그대로 뜯어 먹던 그 맛이 다시 기억난다. 아무리 재주 좋은 요리사가 날카로운 칼로 회를 잘 뜬다고 해도 도망치는 것을 입으로 뜯어 바로 씹는 그 맛과 같을 리가 없다.

그때에도 나는 육지에 사람이 산다는 사실은 알고 있었다. 사람이 얼마나 무서운지도 잘 알고 있었다. 깊은 밤에 갑자기 전등을 켜고 나타나서 불빛이 신기해 몰려드는 물고기를 그물로 한 번에 수천 마리씩 싹쓸이해서 잡아가는 모습을 보면 누가 설명해주지 않아도 무시무시하다고 생각할 수밖에 없었다.

이런 장면을 상상해보자. 명동이나 강남역 근처에서 사람들이 와글거리며 복작대고 있는데, 하늘에서 갑자기 정말 아름다운 불꽃놀이 같은 것이 펼쳐진다. 사람들은 신기해서 넋을 잃고 그것을 올려다본다. 그런데 밤하늘에서 녹색 광선 같은 것이 내려오더니 구경하던 사람들이 그 광선에 끌리듯이 공중으로 떠오른다. 몇백 명이고 몇천 명이고 어둠 속 깊은 하늘 바깥으로 끌려가 사라진다. 사람들은 갑자기 무슨 일이 일어났는지도 모른 채, 그저 넋이 나갈 듯한 두려움만 느낀다. 멍하니 시커먼 하늘을 올려다봐도 어디로 갔는지, 왜 그렇게 끌려갔는지 아무도 알려주지 않는다. 물고기들이 불빛을 보다가 그물에 잡히는 기분이 딱 그럴 것이다.

그나마 우리들은 사람들이 왜 그런 짓을 하는지 대략은 짐작하고 있었다. 배는 사람들이 만든 도구라는 것, 사람들이 몸 바깥에 두르고 있는 옷은 자기 가죽이 아니라 다른 식물이나 동물로 만든 물건이라는 것도 인어들은 알고 있었다. 우리는 사람들 중에서 가장 용맹한 이들이 바다로 나와 물고기를 잡은 뒤, 둥지에서 기다리는 연약한 새끼 사람에게 나누어 주는 거라고 생각했다. 물론 완전히 착각하고 있는 점도 없지는 않았다. 우리는 사람들이 물고기를 잡을 때 밝히는 불빛이 전등불이 아니라, 바다에서 빛을 내는 초롱아귀나 야광 해파리같이 빛을 내는 지상의 생물을 붙잡아 달아놓은 것이라고 짐작했다.

부모님이 돌아가시고 얼마 지나지 않아 나는 독도를 떠나야겠다고 생각했다. 정치 상황이 변하면서 독도가 관심거리가 되는 일이 점점 더 많아졌다. 그러다 보니 독도 근처를 지나는 유람선이나 순찰선도 더 많아졌다. 독도를 관찰하려고 학자들이 찾아오는 일도 점차 잦아졌다.

처음에는 사람들이 자주 눈에 뜨이는 것이 신기하기만 했다. 그러다 보니 사람들에 대해 좀 더 많이 알게 되기도 했다. 예를 들어 나는 사람들이 불을 다룰 줄 안다는 것과 불과 비슷해 보이는 전기를 다룰 줄 안다는 것도 알게 되었다. 어선이 밝히는 전등은 빛을 내는 해파리 같은 짐승이 아니라, 폭풍이 칠 때 번쩍이는 번개를 교묘한 장치에 가두어놓은 것과 비슷하다는 점도 이해하게 되었다.

그 모습을 보면서 나는 왜 사람들은 번성했는데 우리

곽재식

종족은 이렇게 거의 다 사라지게 되었는지 내 나름
대로 짐작도 해보았다.

인어들의 두뇌는 보통 사람들보다 더 뛰어나다. 나
는 지금도 그렇게 믿고 있다. 다른 종족의 언어를 이
해하거나 말로 하기 힘든 복합적인 감정을 몇 가지
기준으로 명확하게 분석해내는 능력은 사람보다 월
등하다. 서울에서 살면서 이것저것 공부해본 결과,
우리의 두뇌는 수학이나 과학을 이해하는 재주에서
도 사람에게 뒤지지 않는다. 사람들은 앞, 뒤, 왼쪽,
오른쪽으로 걸어 다니면서 2차원 공간을 이해하는
것으로 머리가 굳어져 있다. 그에 비해 태어날 때부
터 물속에서 높은 곳과 낮은 곳을 자유롭게 돌아다
녀야 했기에 인어는 3차원 공간을 더 깊이 느낀다.
이것이 수학과 과학에서 사람보다 인어를 훨씬 유
리하게 만들어준다. 나는 돌도끼나 돌칼 같은 것을
발명해낸 시점 역시 사람의 선조보다 우리 선조가
더 빨랐을 거라고 믿고 있다.

그런데도 우리는 사람처럼 번성할 수가 없었다.

우리는 불을 만들어내는 데서 뒤처졌다. 물속에서 사는 우리는 불을 만들 수가 없었다. 산소가 풍부한 지구의 공기 속에서 불은 만들어내기 쉬우면서도 그 위력은 뛰어나다. 지구는 불을 쓰기 좋은 곳, 불을 쓰라고 있는 행성이나 다름없다. 그러니 사람들은 불을 만들어 활용하면서 더 쉽게 살 수 있게 되었고, 불을 다루는 여러 방법을 고민하고 그 과정에서 얻은 정교한 지식을 전달하는 것을 중요하게 여기게 되었다. 여러 가지 물건을 불에 넣어보고 달구어보는 가운데, 쇳덩어리를 만들어내는 방법을 알아냈고, 쇳덩어리를 만들어내다 보니 결국 전기도, 화약도, 폭탄도, 원자로도 만들어내게 되었다.

그러나 그저 불이 없었다는 이유 하나 때문에 우리가 쇠락하게 되었다는 이야기는 아니다. 우리에게는 발전된 종족의 번성을 위해 필요한 교만함과 위선도 없었다.

곽재식

이상한 인어 이야기

세상에서 가장 많은 생물은 바다에서 사는 미생물들이다. 어마어마하게 많은 물고기들이 그 미생물들을 먹고 산다. 이 미생물들은 그 종류가 여러 가지로 달라졌지만 아주 오랜 옛날부터 지구에 온통 퍼져서 살아왔고 지금도 지구를 뒤덮고 있다.

지구의 공기 속에 산소가 없던 수십억 년 전 옛날에도 바닷속 미생물들은 많았고, 그 수십억 년 전의 갑갑한 공기 속에 산소를 만들어내서 지구를 완전히 다른 곳으로 바꾼 장본인들도 그 미생물들이다. 화산이 터지건 지진이 일어나건 핵전쟁이 일어나건 바다의 미생물들이 세상의 생명 중에 가장 많다는 사실은 변화가 없다. 오늘 외계인들이 찾아와서 지구를 지배하는 생물을 찾으려 한다면 분명 바다의 미생물들을 관찰하려고 할 것이다.

그런데도 사람들은 자신들이 지구의 지배자이며, 자신들이 지구를 멸망시키고 있다고 호들갑을 떨고 있다. 몇몇 사람들은 사람이 지구를 파괴하고 있다며 슬퍼하기도 한다. 인어들은 결코 그런 생각은 하지 못한다. 사람들은 자기가 보기에 멋져 보이는 아름드리나무나 북극곰이 사라지는 것을 보면서 지구가 아파하고 있다고 괴로워한다. 지구가 아파하거나 괴로워하는 것이 아니라, 그냥 사람들이 보기 좋았던 환경에서 사람들이 살기 나쁜 세상으로 바뀌어가는 것뿐이지 않나?

어떤 사람들은 심지어 사람이 지구에 너무 많다고 비장하게 이야기하기도 한다. 세상의 생물 중에 사람이 차지하는 비중은 극히 적다. 그저 자기들이 익숙한 것을 자기들이 어지럽혀서 예전과 달라지고 낯설어진 상황을 두고 지구가 아프다느니, 사람들이 이제부터 지구를 지켜야 한다느니 하는 말을 떠드는 것은 내가 보기에 신기하고 놀랍다. 사람의 힘이 너무나 뛰어나고 사람은 너무나 귀중하다는 착각과 잘난 척이 동정심이나 선의와 한데 섞여 있는 그 이상한 태도는 결코 인어들이 마음속에 품을 수 있는 것이 아니다. 마음껏 자유롭게 바다를 다니는 것이 그저 유쾌한 삶이었던 인어들에게 그런 사상은 생기기 어렵다. 나는 그런 발상의 차이가 사람과 인어의 차이를 만들었다고 생각한다.

독도와 비슷한 무인도이면서 사람들이 별로 없는 곳을 찾아 나는 바다 이곳저곳을 돌아다녔다. 가까운 곳으로 가다 보니 자연스럽게 한반도 쪽으로 움직였다. 그 무렵 나는 낚시꾼들이 버린 맥주 캔 속에 남아 있던 맥주도 마셔보았고, 파도에 배가 흔들릴 때 누군가 떨어뜨린 컵라면이 떠다니던 것도 먹어보았다. 바다에서 먹는 음식은 대부분 짭짤한 맛이기 때문에 컵라면 맛은 그저 그런 편이었다. 하지만, 누가 용왕제를 지냈든가 바닷가에서 무슨 굿을 했다든가 하면서 강정과 약과를 바다에 떠내려보낸 적이 있었는데, 그 달콤한 맛은 대단히 훌륭했다.

텔레비전도 신기했다. 작은 화면에 멀리 있는 것을 담아 보여주는 기술도 신비했지만 그 화면에 비치는 사람들의 삶도 신기해 보였다. 스스로 영리하고 고귀하다고 생각하지만 넓은 공간에 드문드문 흩어져 살지 않고 다닥다닥 모여 사는 짐승. 불과 전기를 다루는 방법을 아는 짐승. 그물과 쌍끌이 어선을 갖고 있는 짐승. 특히 나는 요리 프로그램을 좋아했다. 냉장고만 열면 얼마든지 생선이 나오는데, 살아 움직이는 싱싱한 것을 먹지 않고 불로 굽고 양념을 뿌리는 모습은 내가 보기에는 매우 징그럽고 역해 보였다. 그렇지만 이상하게 호기심을 자극했다.

그러면서 나는 점차 사람 사회와 가까워지게 되었다. 육지나 물 바깥으로 나오는 때도 많아졌다. 바다 생활에도 가끔은 짜증 나는 점이 있었다. 따뜻한 바다로 내려오자 갈치 같은 피 냄새를 좋아하는 물고기들이 자주 꼬여 드는 것은 아주 성가셨다. 팔에 난 작은 상처 하나에도 혹시 곧 죽을 짐승인가 싶어 계속 덤벼들어 깨물고 물어뜯는 그 작은 물고기 떼들은 지긋지긋했다. 그것들이 자주 나타나는 곳을 알고 피해 다니긴 했지만, 바닷물이 따뜻해지는 때가 많아지자 그런 지역은 점점 더 늘어났다.

나는 파도를 따라 장난을 치다가 옷을 말리기 위해
벗어둔 연인의 옷을 하나씩 훔쳐서 처음으로 적당
한 복장을 마련했다. 그리고 눈에 잘 뜨이지 않는 밤
시간을 이용해서 사람들 사는 곳으로 슬쩍 끼어들
어보았다.

처음에는 사람들의 습성을 몰라서 실수도 잦았다.
그렇지만, 제주도로 건너간 뒤에는 바닷가에서 낙
지나 전복을 관광객들에게 판매하는 해녀들 사이에
어울려 나도 해산물 팔이를 해볼 수 있었다. 나는 내
모습을 사람들이 물속에서 입는 고무 옷 속에 감추
었다. 혹시 내가 이상하다는 것을 알아보고 해코지
를 하는 사람들이 있을까 봐 한곳에 오래 머물지는
못하고 이곳저곳을 돌아다녔는데, 그러다 다행히
물어보는 것이 별로 없는 무뚝뚝한 해녀 할머니 한
사람을 만났다.

내가 좋은 전복을 구해 오면 그 할머니가 관광객들

에게 파는 식으로 우리는 한참 동안 같이 일했다. 지금 돌아보면 그 할머니는 내가 인어인 줄 몰랐던 것이 아니라, 몇십 년 동안 바닷가에서 살아오면서 바다 끝 먼 곳에 혹시 인어 같은 것이 있을 수도 있다고 생각하고 그러려니 여긴 듯싶기도 하다.

밑천을 모은 뒤에 나는 젊은 사람들이 사라지고 노인들만 남은 빈집이 많은 섬마을에 먼저 정착했다. 그곳에서 삶이 익숙해진 후에는 다른 바닷가 마을로 사는 곳을 옮겼다. 그렇게 지내는 동안 여러 가지 일이 있었는데 나는 곧 숨어서 지내기에는 인적이 드문 마을보다 오히려 사람이 북적이는 도시가 낫다는 생각을 하게 되었다. 도시에는 별별 사람들이 지겨울 정도로 많이 모여 살고 있다. 누가 가까이에 사는지 아는 것을 오히려 귀찮아하고 두려워하는 사람 무리들 사이에는 숨을 데가 많았다.

도시에 정착하면서 나는 이런저런 일거리를 찾아냈다.

내 성대와 혀가 사람과 다르기 때문에 나는 아무리 노력해도 한국말을 유창하게 할 수는 없다. 그렇지만 듣고 말을 이해하거나 글을 읽으며 이해하는 것은 사람보다 내가 훨씬 빨랐다. 나는 번역 일을 몇 가지 맡아 할 수 있게 되었고, 특히 컴퓨터 자동 번역이 제대로 된 것인지 아닌지 확인도 하기 어려운 낯선 나라의 언어를 익힌 후에는 일거리를 찾기가 쉬워졌다. 그렇게 다른 일에 익숙해지는 동안 인터넷으로 진주를 팔기도 했고, 서해안에 가서 고려 시대에 가라앉은 옛날 배를 뒤져서 옛날 도자기나 중세 시대의 다른 유물을 건져내며 돈을 벌기도 했다.

그렇게 해서 나는 긴 시간 동안 아무도 모르게 사람들 사이에 섞여 살 수 있었다.

그러던 중에 내가 인어라는 사실을 처음 알아낸 사람이 바로 그녀였다. 내가 도시에서 숨어 지내는 것이 잠깐 답답해서 오래간만에 고향에 가봐야겠다고 생각했다가 생긴 일이었다.

포항이나 강릉으로 가서 울릉도로 가는 여객선을 타면 편했을 것이다. 하지만, 전동휠체어를 타고 다니는 사람이 그런 먼 곳까지 갈 때 곳곳에 타고 내리는 일은 아직까지도 불편한 일투성이었다. 그런 만큼 내 모습을 들킬 여지도 많다. 그래서 바다에 나가고 싶을 때는 보통 지하철로 인천 앞바다까지 가서 거기에서 직접 헤엄쳐서 가는 길을 택했다. 그러나 서해, 남해, 동해를 빙빙 돌아가는 길이다 보니, 다니기가 쉽지 않았고 갈아입을 옷과 돈뭉치를 비닐 가방에 넣어 매달고 다녀야 하는 것도 귀찮았다. 그래서 자주 쉬면서 갈 수밖에 없었다.

바닷가에서 잠시 쉴 때, 파도가 좋은 동해의 한 해변에서 나는 그녀를 만났다. 그녀는 서핑을 배우고 있었다. 이국의 젊은이들이 서프보드를 들고 해변을 달리는 영화 속 멋진 풍경을 기대하며 용기를 내어 주말 서핑 교실에 참여한 것이었는데, 실상은 바닷물이 너무 차가워서 물에 들어갈 때마다 괴로웠다고 했다. 그래도 그

이상한 인어 이야기

너는 그런 중에 조금씩 재미를 찾아가며 기뻐할 줄 아는 사람이었다. 몇 주일이 지난 후에는 정말로 자기만의 재미로 서핑 시간을 즐기게 되었다. 그런데 너무 심하게 재미있어 하다가 잘못해서 그만 바다 먼 곳으로 나와버렸다.

그녀는 당황했다. 하지만 수영 실력이 좋았고, 물에 잘 뜨는 서프보드도 발에 잘 묶여 있었다. 그러니 다시 해변으로 돌아가는 것은 어려운 일이 아니었다. 문제는 그러다 나를 발견했다는 점이었다.

"아저씨! 괜찮아요? 저기요! 괜찮아요?"

그녀는 소리를 지르며 내 근처로 다가왔다. 나는 도망치려고 했지만 서프보드에 연결된 줄에 팔이 걸려버렸다.

그녀는 내가 물에 빠진 사람이라고 착각했다. 내가 놀라서 뭐라고 말을 하지 못하고 이상한 인어 소리를 내자 그녀는 내가 물을 너무 많이 먹어서 그런 소리를 낸다고 더욱 다급하게 여겼다.

"조금만 기다려요. 겁내지 마세요. 잡았어요. 살 수 있어요. 조금만요! 제가 잡았어요!"

그녀는 무서운 완력으로 나를 구출해주겠다면서 서프보드 위로 끌어 올렸다. 힘이 굉장히 세서 잠깐 멈칫하는 사이에 나를 움직였다. 그녀는 결국 나를 물 밖으로 끌어냈다.

"어머나, 어머나 이게 뭐야? 뭐가 달라붙은 거야?"

그녀는 내 모습을 보고 소리를 질렀다. 나는 서프보드 위에서 겨우 한두 마디 할 수 있는 한국말로 그녀를 진정시켰다. 쉽지는 않았다. 어찌어찌 나는 원래 이렇게 생긴 동물이고 그냥 잠깐 헛것 본 셈 치고 잊고 이제제 갈 길을 가면 된다고 설명했다.

곽재식

이상한 인어 이야기

그렇지만 그녀는 천성이 호기심 많고 새로운 일에 기뻐하는 사람이었다. 처음에 나는 내가 인어라서 신기해 보일 수 있다는 점을 이용해서 그녀를 겁주어 돌려보내려고 했다. 마음만 먹으면 저주나 주술을 사용할 수 있으므로 얼른 내 앞에서 사라지지 않으면 나쁜 짓을 하겠다고 했다. 나는 그녀의 다리를 지느러미로 바꿔버리겠다거나 목소리를 빼앗겠다고 무섭게 말했다. 그런데 그 말을 들은 그녀는 입을 벌리고 시원한 소리로 웃을 뿐이었다.

"동화책에 나오는 거랑 역할이 완전 다르잖아."

나는 한동안 그녀를 경계했다. 하지만 그녀가 내 명의로 휴대전화를 만드는 일을 도와줬고, 나는 이를 계기로 그녀를 믿게 되었다. 한국에서 살면서 본인 명의로 된 휴대전화가 생긴다는 것은 진정한 대한민국 국민이 된다는 뜻이나 다름없다. 특히 사람들을 최대한 만나지 않고 인터넷으로 일을 많이 처리해야 하는 나에게 그녀의 도움은 무척 컸다.

우리는 휴대전화와 컴퓨터로 자주 이야기를 나누었고, 아주 가끔은 서울 시내나 바닷가에서 만나기도 했다. 그녀는 나에게 사람을 직접 만나야 하는 일이 생기면 대신 나가주었고, 나는 싱싱한 해산물을 고르는 일부터 돌고래 떼 구경을 시켜주는 일까지, 가끔 그녀를 재미있게 해주었다. 그녀는 내가 사람이 아니라는 비밀을 잘 지켜주었고, 한편으로는 깊은 밤 서프보드에 누워서 나에게 이런저런 자신의 비밀 이야기를 해주기도 했다.

나는 그녀에게 바다에서 인어들이 방향을 잡을 때 별을 어떻게 읽는지 알려주기도 했고, 그녀는 나에게 사람들이 하는 스포츠 규칙을 가르쳐주기도 했다. 먼바다까지 헤엄치고 다닐 정도로 힘이 세니 스쿼시나 탁구를 해보라고 권한 것도 그녀였다. 오른팔로 라켓을 휘두르는 법을 가르쳐줄 때는 나보다 훨씬 더 즐거워했다. 같이 한강 변을 산책하다가 물에 빠진 사람을 구해주었고, 수족관에서 인어 흉내를 내는 일로 돈을 벌

어보려고 할 때도 그녀가 한번 해보라며 응원해주
었다. 기억에 남는 일은 많았다. 인어 역할로는 최대
한 피부가 흰 여성을 섭외해야 마땅하다고 믿던 수
족관 담당자를 놀리던 일은 확실히 우습기도 했다.

그렇지만 즐거운 일이 많이 생길수록, 나는 그 즐거
움 속에 숨어 있는 그녀와 내가 갖고 있는 마음의 특
징에 대해서 점점 더 뚜렷하게 알게 되었다.

그녀가 나에게 관심을 갖는 것은 내가 무섭고 이상
한 모습이기 때문이었다. 그 때문에 그녀는 나를 두
려워하면서도 그만큼 나에게 친절해지려고 한다.
내가 그녀를 가깝게 여기는 것은 사람의 도시에 내
가 섞여 살면서 진짜 사람이 편리해 보일 때가 있기
때문이다. 이 사실을 우리 둘 다 알고 있지만, 우리
둘 다 그것을 꺼내놓고 말하지는 않는다. 그리고 그
때문에 우리는 서로 멀어진다고 여긴다. 하지만 그
렇게 멀어진다고 여기는 마음 때문에 우리는 다시
만나고 싶어 한다. 이런 마음이 어떤 것인지 인어의
노래로는 정확하게 알려줄 수 있지만 사람의 말로

짧게 설명하기란 힘들다.

그녀가 전세 보증금이 올라 걱정이라고 말하는 것을 듣고, 나는 고래 고기를 밀거래하는 업자를 만났다. 나는 그 업자에게 밍크고래가 있는 곳을 알려주고, 그의 배가 바다로 나왔을 때 날카로운 돌조각으로 밍크고래 한 마리를 공격했다. 업자는 물고기 잡는 그물에 지친 밍크고래가 우연히 걸린 것으로 처리해서 큰돈을 벌었다. 업자와 약속한 대로 나도 내 몫을 챙길 수 있었다. 법을 어겼다고는 생각하지 않는다. 인어는 옛날부터 항상 온갖 바다 동물들을 죽이고 잡아먹으면서 살아왔다. 인어와 고래, 바다의 짐승들끼리 자연스럽게 싸운 일이다. 다만 사람들에게 그 사실을 미리 알려주었을 뿐이다.

"그래도 너한테 이런 큰돈을 받을 수는 없지."

그녀는 돈이 궁한 형편이라고 했지만 내가 주는 돈을

곽재식

이상한 인어 이야기

받을 수는 없다고 했다. 커다란 액수라서 더 받을 수 없다고 했다. 다시 생각해보니 충분히 이해할 수 있는 태도였다. 그녀는 떠나갔다.

나는 혹시 진주 목걸이 같은 선물이라면 그녀가 받을 수도 있을 거라고 생각했다. 몇 군데 가게를 살펴보았지만, 밖에 나다니기가 쉽지도 않았고 마음에 드는 진주도 없었다. 나는 목걸이를 만들 진주를 구하기 위해 직접 바다에 들어가야겠다고 생각했다. 좋은 진주를 찾기 위해 몇 달 동안 바다 곳곳을 찾아다녔고, 그러면서 서울에서 점점 더 먼 지역으로 가게 되었다.

바닷물이 다시 차가워지고 해변에 사람이 드물어질 무렵에 나는 팀장이라는 사람에게 붙잡혔다.

팀장은 불법 포경을 단속하는 관공서에서 조사팀을 이끌고 있는 사람이었다. 그때 밍크고래를 잡았던 정황이 이상한 것을 보고 계속 나를 따라다니던 사람이었다.

195

바다 괴물이 고래잡이를 도와주었다는 생각을 믿어주는 사람이 없어서 그는 휴가를 내고 혼자서 나를 따라왔다. 내가 이번에 건져낸 진주는 얼마나 괜찮은 것인지 달빛에 비추어 보고 있을 때, 그는 나를 덮쳤다. 못을 박아 넣은 몽둥이로 후려쳐서 나를 쓰러뜨린 후, 발로 나를 차고 밟았다. 나는 딱 한 번 그로부터 빠져나올 뻔했지만, 지느러미 모양의 다리로 자갈 바닥에서 뒤척거리는 동안 그는 두 다리로 뛰어와 간단히 나를 붙잡았다.

팀장은 몇 번 더 나를 발로 찼고 나를 지치고 아프게 만들었다. 내가 날카로운 이로 그의 다리를 물어뜯으려고 하자 그는 몽둥이로 내 입을 쳤다. 내가 쓰러져 있으니, 그는 자신의 팔과 내 팔을 수갑으로 연결한 뒤에 나를 끌고 가서 자신의 배에 실었다. 그리고 전속력으로 바다를 가로질러 갔다.

곽재식

이상한 인어 이야기

나는 그가 기뻐하는 모습을 보았다. 진귀한 짐승을 발견한 학자의 기쁨과 무서운 괴물을 제압한 전사의 기쁨이 함께 드러나는 희망과 보람으로 가득한 얼굴이었다. 어느 학교 대학원을 다니면서 무엇을 공부한 인물이었는지, 그는 나를 붙잡은 것이 진화와 계통학에 대한 생물학적인 연구는 물론이요, 인간성과 지능, 의식과 윤리에 대해서도 큰 발견이 될 거라고 시끄럽게 떠들어댔다.

"사람에게 구원을 주겠다고 약속하는 종교가 많잖아? 그런데 너는 분명히 사람은 아니야. 그렇다면 그런 종교는 너를 구원해주는 종교일까, 아닐까?"

나는 처음 전동휠체어를 구하려고 할 때, 동네 교회에 주일마다 나가면서 교인들에게 도움을 받았던 것이 기억났다. 그러나 그의 모습이 내 대답을 듣고 토론을 하려는 태도는 아니었다. 그는 내가 눈을 다시 뜬 것을 보더니 또 몇 번 몽둥이로 나를 후려쳤다.

나는 그가 나를 완전히 제압했다는 뿌듯함을 충분히 느낄 때까지 가만히 쓰러져 있었다. 그리고 파도에 휩쓸린 길쭉한 손전등이 가까이 왔을 때, 그것을 가만 붙잡았다. 그리고 손전등을 그의 머리를 향해 휘둘렀다. 그녀가 가르쳐준 오른팔 스윙 요령 그대로 팔을 움직였다. 그때만큼 멋지게 오른팔이 잘 움직인 적은 한 번도 없었던 것 같다. 마지막까지도 웃고만 있던 그의 얼굴이 전등에 비춰 아름답게 빛나 보였다.

그리고 나는 그대로 바다로 뛰어들었다.

나는 깊이깊이 계속 아무 빛도 들어오지 않고 아무도 없는 깊은 바다 밑 가장 깊은 데까지 들어가고 싶었다. 조금 꿈틀거리는가 싶던 그의 움직임은 멈추었고, 교만도 동정도 없이 그저 욕심을 부리며 달려드는 작은 물고기 떼들은 멈추어 있는 그를 좋아했다. 뼈만 남게 된 그의 팔이 헐거워진 수갑에서 빠져나가고 알지 못할 곳으로 떠내려가기까지는 며칠밖에 걸리지 않았다.

곽재식

일단 팔에 남아 있는 수갑을 끊어내려면 다시 사람들이 사는 곳으로 가야겠지. 그다음에는 어디로 가야 할까. 뭐부터 해야 하나. 허둥지둥할 이유는 없었다. 바다는 넓어서 육지까지 가기에는 시간이 한참 걸릴 것 같았다. 하물며 꼭 그 방향으로 가야 하는 것조차 아니었다.

– 2019년, 선릉에서

곽재식

공학 박사. 화학 회사에 다니며 작가로도 꾸준히 활동하고 있다. 2006년 단편 <토끼의 아리아>가 MBC에서 영상화된 후, 본격적으로 작가로 일하게 되었으며, SF를 중심으로 여러 장르에 걸쳐 다수의 단편소설집과 장편소설을 출간했다. ≪로봇공화국에서 살아남는 법≫ 등의 과학 교양서를 집필하기도 했으며 KBS 1라디오 <곽재식의 과학 수다>에 출연하는 등 대중매체에서도 활약 중이다.

+

Q. 당신이 생각하는 몬스터는 어떤 모습인가요?

나는 괴물 이야기가 한 문화권 사람들의 마음속에 남아 있는 상상의 세계를 구체화하기에 매우 좋은 자료이며 소재라고 생각한다. 때문에 나는 옛 문헌에 남아 있는 한국의 괴물 이야기를 모아서 정리해 공개하는 작업을 꾸준히 해오고 있고 이러한 내용을 ≪한국 괴물 백과≫라는 책으로 펴냈다. 내가 생각하는 괴물의 모습은 그 책 속에 다 담겨 있다.

곽재식

몬스터: 한밤의 목소리

ⓒ 김동식, 손아람, 이혁진, 듀나, 곽재식 2020

초판 1쇄 인쇄 2020년 2월 5일

초판 1쇄 발행 2020년 2월 11일

지은이   김동식 손아람 이혁진 듀나 곽재식

펴낸이   이상훈

편집인   김수영

본부장   정진항

문학팀   정선재 김준섭 김수아

마케팅   조재성 천용호 박신영 조은별 노유리

경영지원 정혜진 이송이

펴낸곳   한겨레출판(주) www.hanibook.co.kr

         등록 2006년 1월 4일 제313-2006-00003호

         주소 서울시 마포구 창전로 70(신수동) 화수목빌딩 5층

         전화 02-6383-1602~3 / 팩스 02-6383-1610

         대표메일 munhak@hanibook.co.kr

ISBN 979-11-6040-544-2 04810

      979-11-6040-542-8 (세트)

이 도서의 국립중앙도서관 출판예정도서목록(CIP)은 서지정보유통지원시스템

홈페이지(seoji.nl.go.kr)와 국가자료종합목록 구축시스템(kolis-net.nl.go.kr)

에서 이용하실 수 있습니다. (CIP제어번호 : CIP2020005293)